A COBRANÇA

A COGRANÇA

MÁRIO RODRIGUES

A COBRANÇA

1ª edição

EDITORA RECORD
RIO DE JANEIRO • SÃO PAULO
2018

CIP-BRASIL. CATALOGAÇÃO NA PUBLICAÇÃO
SINDICATO NACIONAL DOS EDITORES DE LIVROS, RJ

R614c

Rodrigues, Mário
A cobrança / Mário Rodrigues. – 1ª ed. – Rio de Janeiro: Record, 2018.

ISBN 978-85-01-11240-8

1. Romance brasileiro. I. Título.

17-46076

CDD: 869.3
CDU: 821.134.3(81)-3

Copyright © Mário Rodrigues, 2018

Todos os direitos reservados. Proibida a reprodução, armazenamento ou transmissão de partes deste livro, através de quaisquer meios, sem prévia autorização por escrito.

Texto revisado segundo o novo Acordo Ortográfico da Língua Portuguesa.

Direitos exclusivos desta edição reservados pela
EDITORA RECORD LTDA.
Rua Argentina, 171 – Rio de Janeiro, RJ – 20921-380 – Tel.: (21) 2585-2000.

Impresso no Brasil

ISBN 978-85-01-11240-8

Seja um leitor preferencial Record.
Cadastre-se em www.record.com.br
e receba informações sobre nossos
lançamentos e nossas promoções.

Atendimento e venda direta ao leitor:
mdireto@record.com.br ou (21) 2585-2002.

Para Rafaela
*Você pode, com suas belas mãos, carregar-me para seu
mundo, você tem esse direito. Eu que a acompanho, eu me
deixo ir. Nós fizemos o pacto, a aliança sublime. E a vida
que ainda me resta eu a usarei para sua felicidade.*

"O brasileiro é um povo muito feliz. E isso é um defeito, é um problema. É um povo muito tolerante. E consegue conviver com coisas ruins durante muito tempo."

(Zélia Cardoso de Mello)

"Todos são iguais perante a lei,
sem distinção de qualquer natureza"
(Art. 5º, Constituição da República
Federativa do Brasil)

1

(...) para curar a cegueira da imaturidade, filho, basta o colírio do tempo (...) os joelhos tocam o gramado áspero e mentiroso enquanto você recorda a frase dita por seu pai — compreende a derradeira sentença daquele homem, o fiapo de voz (...) os olhos estão lacrados; vai abri-los em instantes, mas por ora prefere gozar desta provisória cegueira, deste labirinto translúcido, destas ondas de cinza e fosforescência: o avesso psicodélico das pálpebras; e, que ironia!, mesmo sem enxergar nitidezes, só você, neste momento, consegue vislumbrar o futuro — pois será o futuro, fará o futuro (...) os braços estão sobre os ombros dos colegas, formam um polvo suicida-aleijão; colegas, apenas; não amigos, não companheiros, não irmãos, inexistem afeições aqui; vocês, de certa forma, se odeiam; concorrem: por contratos em clubes estrangeiros, por publicidades, por entrevistas na tv, por mulheres (...) já se cansaram de seus corpos e almas: nos últimos cinquenta dias, estiveram juntos e nus: mediram a extensão e a espessura de seus sexos, alisaram recreativamente suas bundas, dividiram banheiros e banheiras, gelos e saunas, vestiários e túneis, preleções e passes, concentrações e bordéis; com um desses atletas, você divide o quarto desde a granja comary, em teresópolis (...) contudo, repito: não há afeição aqui; muito menos neste coletivo abraço-protocolo no meio deste campo de futebol (...) e você está mudo, mudo?, é estranho, sempre gritou demais neste gramado retangular; sempre foi o que mais reclamou com colegas indolentes; é o chamado líder — não pela técnica, essa malvada, que nunca o bafejou —, é o líder pela garra, pela abnegação, pela entrega sempre demonstrada; não há uma parte exterior do seu corpo que não tenha se desgastado neste solo verde (...) e continua cabisbaixo: a posição dos humildes, posição tão sua conhecida; lembra-se: no piso de cimento queimado, ouvia o técnico de futsal da escola; no piso de barro vermelho, concordava com o técnico da várzea; no piso de grama rala, apoiava o técnico dos juniores; na grama alta, bajulava o técnico dos aspirantes; na grama podada milimetricamente e molhada como catimba — dando à bola velocidade que poucos, bem poucos, interpretam a contento —, você endossava, fingindo crença, as platitudes do mais famoso técnico do país; sempre baixou a cabeça, sempre lhes ouviu as instruções: olhando, óbvio, para o chão (...) resiliência-obediência: esse foi seu retrato (...) mas, agora, aqui está você: de joelhos, de olhos lacrados, de abraços trocados, de boca fechada, de cabeça reclinada — embora saiba, e só você sabe disso, que neste momento é poderoso: é o mais poderoso entre duzentos e tantos milhões de brasileiros

2

Cinco de outubro, 1988. Era primavera. Aquela tarde em Brasília, a capital federal, estava nublada. Um vento frio e extemporâneo lufava sobre as águas do Paranoá. Ouviram-se tiros de canhão e o Hino Nacional em fanfarra. Debaixo de fogos de artifícios — explodidos contra um céu gris que lhes furtava a cor, como se a luz de fato não pertencesse àquele momento —, os presidentes da Constituinte, da República e do Supremo Tribunal Federal chegaram, em comitiva, ao Congresso Nacional, subiram a rampa. Às 15h50, ouvia--se: "Declaro promulgada. O documento da liberdade, da dignidade, da democracia, da justiça social do Brasil. Que Deus nos ajude. Que isto se cumpra!" Essas palavras foram gritadas, em voz rasgada, por um velho com sotaque *démodé*, prosódia de outros tempos. A voz embargada, emocionada, oferecia promessas que jamais seriam cumpridas pelas décadas adiante. Era a sétima vez, desde 1824, que o país teria uma Carta Magna. Foi apelidada de Constituição Cidadã, pois houvera "intensa participação popular na elaboração do texto — porque quem quis se manifestou e foi acolhido", isso foi o que disse o sujeito que à época presidia a mais alta corte judicial do país. Durante o anúncio, outros velhos que estavam à mesa da Câmara se levantaram aplaudindo o momento histórico. Entre eles um romancista, o então presidente do Brasil. (Em minutos, quando do seu juramento, a mão do maranhense estaria espalmada e trêmula. Metáfora perfeita do que viria pela frente: uma democracia espalmada e trêmula.) Todos usavam paletó e gravata e estavam, também, orgulhosos do que fizeram. Os aplausos foram seguidos pelas centenas de pessoas que, num plano subalterno à mesa, no que chamam de plenário, batiam palmas exageradas e bradavam como se estivessem em um circo — estavam em um circo de carpete verde. À noite, no onipresente telejornal da maior rede de TV do país, o apresentador de cabelos completamente alvos e de voz percuciente anunciou à população — de maneira solene e soturna — o que aquelas centenas de deputados constituintes e puxa-sacos úteis presenciaram *in loco*: a nação tinha um novo conjunto de leis. Os principais repórteres da casa — o do noticiário político e o do noticiário econômico — repercutiram a boa-nova com frases de efeito: "É a Constituição de todos, porque foi aprovada pela maioria dos representantes do povo brasileiro. Ela pretende ser a Constituição da primavera de um Brasil novo. Se, com ela, vai vir um novo Brasil, depende de nós." Apesar dos esforços midiáticos, o povo, "de quem todo o poder emana", ignorava, como sempre, o que aqueles indivíduos debateram na Assembleia Nacional Constituinte, entre 1º de fevereiro de 1987 e 22 de setembro de 1988 — e, afinal, colocaram no papel. Há quem diga que o senhor presidente da Constituinte — cujo nome era o de um mitológico herói grego e que, diferente deste, não escaparia dos arcanos e da fúria dos ventos e dos mares — chorou quando a sessão terminara. "A Constituição certamente não é perfeita. Ela própria o confessa ao admitir a reforma. Quanto a ela: discordar, sim; divergir, sim; descumprir, jamais. Afrontá-la, nunca. Traidor da Constituição é traidor da pátria."

3

As pernas bambas formavam um V (medonho) e estavam apoiadas nos suportes afixados nas laterais da mesa de obstetrícia.

As coxas foram mal depiladas porque a vaidade da mulher minguara nos últimos meses de enjoos, pés inchados, gulodice incontrolável e estrias ramificadas.

Os grandes lábios vaginais ficaram escancarados e encarnados.

O topo da cabeça cabeluda e úmida do menino apontava para o mundo. Mas a criança emperrou nas bordas do sexo da mãe.

A mulher gritava.

Mais: praguejava — com olhos injetados, cara amarfanhada e cabelos assanhados.

Não havia fórceps por perto para mecanicamente ampliar o grotesco daquela abertura por si só grotesca.

A auxiliar de enfermagem empurrou a barriga da mulher de cima para baixo: um braço fazia a alavanca e o outro — com o antebraço servindo de espátula — realizava o movimento.

O menino continuava emperrado.

Episiotomia era a solução: afinal o doutor não tinha tempo a perder e tinha que rodar a maternidade.

Um bisturi percorreria veloz da vagina ao ânus.

A lâmina gelada escorrendo sobre a lidocaína e rasgando o períneo: língua afiada lambendo e arando o couro de suas vergonhas.

(Contudo, a lâmina ainda estava no invólucro de alumínio, e os segundos que a auxiliar de enfermagem — misto de atrapalho e irresponsabilidade — perdeu, tentando tirar o bisturi da embalagem, foram prestações de agonia que traspassaram a mulher esgarçada em decúbito dorsal, penetrada pela senhora de todas as dores.)

À espera. À espera de um filho: um filho que nunca quisera — nunca quisera e nunca planejara. E aquele entojo estava lacerando-a para o resto da vida, afolozando-a, marcando o que ela tinha de mais íntimo e de seu exclusivamente: o prazer e o sexo.

À espera de um filho: filho de um homem que a aceitara quando ela perdera a virgindade com o caminhoneiro incógnito e fora estapeada pelo pai marchante em praça pública, virando assunto único na pequena cidade durante meses. E, depois desses anos de relação, a tal bondade parecia a ela o pior dos castigos.

À espera da morte: a morte — dela ou do menino — ou ambos os casos — seria um alívio, seria bem-vinda. Mas não foram necessários passamentos.

Quando ouviu os gritos — Tira! Tira! —, julgou que se tratava do menino finalmente expurgado de si mesma: víscera viva fora dela e entregue ao mundo, pequeno câncer de braços e pernas enfim extirpado.

Não era, porém, sobre o bebê quando gritaram: Tira! Tira! Tratava-se da parturiente. O quarto deveria ser desocupado. Chegara ao posto de saúde uma grávida mais nobre indicada pelo prefeito.

A transferência da mesa de obstetrícia para a maca enferrujada se deu de maneira rápida. A grávida foi empurrada de uma para a outra. Rolou, sofrida, sobre a própria barriga sobressalente e latejante. Tão latejante quanto a humilhação.

Humores envolveram lençóis. Suas mãos espalmadas e sujas marcaram as paredes do corredor, como pinturas rupestres de líquidos amnióticos.

Estalagmites e estalactites de aflição se fechando e a esmagando.

Na enferrujada maca tremulante — lambuzado com aquela gosma placentária —, o menino surgiu para o mundo no corredor cavernoso. Nasceu igual a todos, sem distinção de qualquer natureza.

Era um final de tarde. Era 5 de outubro, 1988. O menino, eu.

"Todos são iguais perante a lei, (...)
garantindo-se (...) a inviolabilidade do direito à vida"
(Art. 5º, Constituição da República Federativa do Brasil)

1

(...) pálpebras içadas com preguiça e olhos eclipsados, a visão renasce então paulatina: zarolha; depois, embaçada; e, afinal, nítida (...) você vê a algaravia de lâminas verdes amassadas pelos joelhos, pelas patelas (você sempre chamou de "rótulas"): seus vários tendões e a pele espremem a grama artificial-sintética (...) não é novidade — sabia disso desde 2010, quando este país fora escolhido para sediar a copa do mundo — e se preparou para essa circunstância peculiar; visitou a limonta sport a fim de entender a logística aplicada à feitura deste tipo de grama; numa turnê, antes deste evento, a seleção brasileira jogou em los angeles, califórnia, mas você fez questão de ir até seattle, washington, para observar a grama artificial do centurylink field, onde jogam os seahawks, só para sentir como se comporta — arranha?, rasga?, escorrega?, faz sangrar? — este jaez de piso em temperaturas muito hostis, avessas a um clima tropical (...) estudou a maneira como a bola deslizaria, a rotação desenhando a trajetória levemente elíptica; como pousaria no gramado depois de um lançamento *à la* gérson (você, aliás, joga com o número 8 às costas); como se antecipar a uma dividida naquele terreno capcioso; analisou a melhor forma de dominar (você sempre disse "matar") a pelota (...) entendeu que este tipo de gramado pode trazer várias lesões: adutor, panturrilha, ligamentos cruzados, por isso tomou os remédios (ricos em colágeno) para seus tendões e músculos, mas também usou da aveia, do abacaxi e da canela — receita de sua avó, única herança boa da velha (...) você está de olhos totalmente abertos agora; porém, ainda estão absortos: o gramado-tela serve de pano de fundo à imagem da avó; a velha persiste em sua memória: onde estará? o que faz? como todas as avós, torcerá sem sequer saber qual o time de sua predileção? alguém lhe indicará que a seleção brasileira, neste dia especial, vestirá excepcionalmente azul? — a troca de cor da camiseta (você sempre chamou "padrão") é uma forma pusilânime de enfrentar o maior vexame de sua história, enquanto equipe, ocorrido há apenas quatro anos (...) você chacoalha a cabeça e abandona sua avó (e qualquer sentimento familiar), **aban**dona também a posição de joelhos (e qualquer sentimento religioso), abandona o semiabraço dado em dois de seus companheiros (e qualquer sentimento de fraternidade) (...) você, enfim, se levanta e se aparta do time e das lembranças; está alheio a tudo: finca com decisão — ofídio cravando presas vazadas em musculatura tenra — os solados de cravos rosqueáveis na grama falsa do estádio lujniki, em moscou, na rússia (...) então, fica de pé: você pisará firme; e pisará não apenas este gramado russo, pisará muitas outras coisas

2

Naquela noite de 14 de dezembro de 1989, as ruas das grandes cidades brasileiras ficaram vazias como na final de uma Copa do Mundo. As principais redes de TV do país — Globo, SBT, Bandeirantes e Manchete —, em *pool*, transmitiram o debate à corrida presidencial. Corrida que não acontecia democraticamente havia mais de vinte e nove anos. Era o último grande ato de uma campanha eleitoral histórica. Tudo começara com um total exagerado de 22 candidatos à Presidência do Brasil. Ao longo dos meses — baixos e extenuantes — de campanha, a maioria dos concorrentes perderia a força ou se tornaria folclórica: "Estupra, mas não mata", "Meu nome é...", "O homem do cavalo branco". Aos 15 de novembro — Centenário da Proclamação da República —, o ex-governador (o Caçador de Marajás) e o ex-operário (o Sapo Barbudo) saíram vitoriosos do primeiro pleito. Voltariam a se enfrentar nas urnas dali a pouco mais de um mês. E foram trinta dias como poucos na história recente do Brasil, dada a quantidade de escândalos e denúncias, ridicularias e chantagens, baixarias e cafonices: desde fraudes no governo de Alagoas até ex-namoradas pressionadas a abortar filhos espúrios. Este debate marcava, então, o final do segundo turno. As intenções de votos eram 47% para o alagoano e 46% para o pernambucano — o que, no jargão eleitoral, chamavam de empate técnico. Apenas um ponto separa [os candidatos] — manchete de capa em um grande jornal paulista. O fundo azul-fumacento do cenário era já uma mensagem subliminar, contudo os milhões que sintonizavam suas TVs, boa parte delas em preto e branco, não cogitavam esse fato. O repórter político — que parecia multiplicar-se naqueles dias — abriu a parte concludente do último debate às palavras finais dos candidatos. Por sorteio, o jornalista esclarecera, cabia primeiro ao candidato sem barba o seu discurso de três minutos. O candidato sem barba vestia um terno cinza-claro, camisa branca e gravata enxadrezada azul. Na lapela esquerda do paletó, via-se, fingindo tremular, a bandeira do Brasil em broche de metal. "Vamos dar um 'NÃO' definitivo à bagunça, à baderna, ao caos, à intolerância, à intransigência, ao totalitarismo, à bandeira vermelha. Vamos dar 'SIM' à nossa bandeira, essa que está aqui, à bandeira do Brasil, à bandeira verde, amarela, azul e branca. Vamos cantar o nosso Hino Nacional e não a *Internacional Socialista*. Vamos fazer deste Brasil um país digno de seus filhos, que trabalham, que querem prosperar, que querem a justiça social, que nós iremos alcançar, minha gente." O mediador apertou uma espécie de *bip*, segurou o púlpito de madeira (já àquele tempo anacrônico), virou-se na direção do outro candidato à Presidência e ofereceu-lhe os mesmos três minutos. O candidato barbudo estava com paletó escuro, camisa azulada e gravata de rajadas vinho. "No dia 3 de outubro de 1960, houve as últimas eleições para presidente da República, eu tinha quinze anos de idade, estava para começar, iniciar, a minha atividade de estudante do Senai, para fazer o curso de torneiro mecânico. Eu jamais imaginei chegar aonde cheguei. Eu jamais sonhei poder disputar as eleições para presidente da República, porque nós, que pertencemos à classe trabalhadora, sabemos perfeitamente bem que a nossa luta titânica é para escapar da fome, é para escapar do desemprego, é para escapar da favela, de debaixo de uma ponte."

3

O marido se levantou do sofá e apertou o botão vermelho desligando a TV Philco Hitachi. Perguntou o que era a *Internacional Socialista* enquanto ia para o quarto.

A mulher — professora de História — não apenas respondeu, didática, como também recitou os primeiros versos: De pé, ó vítimas da fome! De pé, famélicos da terra!

O marido perdeu o interesse: Ah, é coisa de comunista, de ateu.

Pareceu ofensa à mulher: Sim, é coisa de comunista, que busca a igualdade social.

O marido se afastou, não queria discussão: Não vou debater. Amanhã trabalho cedo, não sou ladrão de sindicato.

A mulher o seguiu corredor adentro: Ignorante! Vai, vai ser mais um parafuso nessa engrenagem corrupta. Vai, vai encher o bolso dos especuladores.

Já era tarde. Madrugada. O debate político durara três horas. Estava com sono. Queria encerrar o assunto: Votarei no alagoano. Pronto!, achou que encerraria a ladainha.

Um erro.

O que esperar de um reacionário como tu? Nada menos do que isso! Lambe-botas! Entrega teu país para os Estados Unidos!

Sempre errara em relação à mulher. Nunca conseguira compreendê-la. A falta de gratidão dela por ter ele salvado sua reputação depois que fora desvirginada pelo caminhoneiro. A ausência de afeto que ela dedicava ao filho de um ano e dois meses — e que dormia agora no berço sem mosquiteiro ao lado da cama de casal.

É mesmo tua cara votar no Caçador de Maracujá. Baba--ovo do sistema, fresco!

Se o homem soubesse que aquele era o momento crucial de sua vida, teria se calado e iria para a cama já adormecendo. Mas não, não sabia. Nunca sabemos. Por isso avançamos. Por isso avançou: Melhor do que votar no Pinóquio da Década, no Sapo Barbudo.

(Por causa do proselitismo da mulher, cogitara votar no candidato barbudo, mas, neste último debate, ao ver a cara levemente suada, a roupa sóbria, as várias pastas contendo denúncias contra o pernambucano, decidiu-se pelo jovem de presença imponente e de cara limpa que tinha a bandeira do Brasil na lapela.)

Frouxo! Sabia que nesta data de hoje nasceu Chico Mendes, que, mesmo filho de pais escravizados em pleno século XX, que, mesmo alfabetizado somente aos vinte e quatro anos, não se deixou dominar. Nunca. Lutou pela Amazônia, pelos seringueiros, enfrentando fazendeiros aduladores do Banco Mundial e seus pistoleiros de aluguel. Daqui a uma semana, completa um ano de sua morte. A morte de um homem de verdade.

E por que ele morreu?

Porque era macho. E não um frouxo como tu.

Morreu porque era um agitador safado. Isso, sim. Já morreu tarde.

Cala a boca, peste!

Com raiva, atirou no marido um vaso que estava sobre o criado-mudo.

As flores de plástico desbotadas e sujas se desprendendo do vaso. O homem se esquivando do objeto. O som do vidro explodindo contra a parede recém-rebocada. Cacos caindo sobre o berço. O bebê dormindo em posição fetal — polegar direito na boca, filete de baba sobre a fronha, fralda de pano com motivos infantis ligada por um alfinete de carinha de urso — perninhas nuas. E, por estarem nuas, foram rasgadas pelos cacos que choviam.

Eu estava debaixo de uma ponte de vidro, que desabava, que me encobria, que me sangrava — e da qual não pude escapar.

A inviolabilidade do direito à vida, à minha vida, estava em xeque.

(Muitos anos depois, em tom de anedota irresponsável, o diretor executivo da TV nacional confessaria que fabricara naquele último debate, com glicerina, o suor do candidato Caçador de Marajás. Dera palpites sobre a indumentária do alagoano. Montara várias pastas cenográficas de denúncias. Diria: "Toda a parte formal, nós é que fizemos.")

Eu — com minha pele rasgada por cacos lacerantes de cristal barato, gemendo de dor — fui vítima dessa farsa. O país — rasgado por retóricas baratas — foi vítima dessa farsa. E gemeria de dor.

"Todos são iguais perante a lei, (...)
homens e mulheres são iguais
em direitos e obrigações"
(Art. 5º, Constituição da República Federativa do Brasil)

1

(...) apruma chuteiras, cadarços, meiões: por baixo da cane-
leira direita, aproximando-se da panturrilha (você sempre
disse "batata da perna"), há uma pequena cicatriz não oriun-
da de atritos com pernas alienígenas; cristal barato tecera
esta assinatura epitelial, que, estranhamente, o tempo e o
crescimento físico não conseguiram apagar; pelo contrário,
cauterizaram-na em queloide bem-vindo; bem-vindo, pois
noutros momentos você o alisou com devoção para poder ter
forças, ganas, garras, afãs (...) mas não fará isso, não agora;
de madrugada, na *jacuzzi* do hotel baltschug kempinski,
com vista para o kremlin, talvez você a alise, mas somente
depois, bem depois, da cobrança (...) coloca a camiseta azul
— número 8 às costas — totalmente por dentro do calção
branco, manchado por 120 minutos de carrinhos-alicates,
cortadores de contra-ataques perigosos; e você se empertiga
(...) observa ao redor: 85 mil pessoas, ali; e imagina que,

numa onda excêntrica, esta cena — você de pé, no centro do campo, recomposto, de queixo erguido, relevo diante dos companheiros-planícies, todos ajoelhados — ganhará, em milésimos, os lares de mais de um bilhão de pessoas ao redor do planeta (...) foram nove conjuntos de gritos estridentes dos milhares de pessoas no estádio; pelos gritos, você soube, pois estivera quase sempre de olhos fechados: nenhum jogador-batedor, entre brasileiros e alemães, perdeu o seu respectivo pênalti (...) você será o décimo cobrador, o último a cobrar as penalidades convencionais (...) sua técnica nunca fora apurada (nunca tivera coragem de fazer a paradinha, a cavadinha ou mesmo a bicuda na cara do goleiro), seu pênalti era burocrático: consistia em chutar rente à trave, fora do alcance do goleiro, e acertar a parte lateral da rede, o que gera um chute eficiente, porém dificílimo de ser executado (...) mas isso foi ao longo de sua vitoriosa carreira, que já se aproxima do ocaso; isso foi antes do período de preparação para este jogo, o grande jogo de sua vida (...) você também nunca cedeu à balela da universidade hebraica de jerusalém cuja teoria atesta que 93,7% dos goleiros se atiram desesperados para um dos cantos, movidos pela tendência à ação; logo, o melhor é bater forte no meio do gol; balela, você repete mentalmente: alguns goleiros gélidos e amaldiçoados ficam esperando (...) lembra-se, por exemplo, de goycochea na memorável semifinal contra os italianos em 1990, desde a adolescência você estudou aquele vídeo: goycochea entendera o lance psicológico e pegara duas das cobranças, levando a argentina à final — o goleiro argentino sempre retardava o pulo até o último milésimo olhando frio, sardônico até, para a cara do batedor (...) hoje, você quer o pênalti perfeito: nas últimas semanas tem se especializado em acertar o ângulo: o chute indefensável; o retângulo imaginário no canto superior da trave, é ali que mira: onde goleiro nenhum alcança (você sempre disse "na gaveta") (...) o volante da alemanha batera o pênalti com segurança e o convertera; eles, os germânicos, estão em vantagem de novo, sempre à frente, desde a primeira cobrança: 5×4; o idiota do seu goleiro — único a atuar no brasil — tentou adivinhar o canto, e não sairá nem na foto dos jornais de amanhã (...) mas o goleiro, neste particular, é sempre o mais privilegiado dos atletas, não lhe resta outro destino que não o de herói; se não pegar nenhuma penalidade, não lhe imputam falhas, apenas atestam a eficácia dos cobradores; se ele catar um único pênalti, poderá entrar para a história como uma espécie de taffarel ou buffon; mas para outros jogadores, como você, por exemplo, o papel de herói é, por vezes, inviável (...) enfim, chegou o momento, boa parcela da humanidade espera por isto: é hora de dar o primeiro passo, o longo caminhar até a meta que se apresenta no mais próximo dos horizontes; a cobrança o espera; e você vai até ela; é sua vez de cobrar; e, sim, não há dúvidas sobre isto: você vai cobrar

2

O motor de seis cilindros — com 4.257 cc de potência — foi utilizado, todavia, para trafegar em velocidade muito baixa. O presidente eleito acenava para o povo espalhado desde o início até o final da Esplanada dos Ministérios. Eram os últimos três quilômetros que o separavam do poder federal. O Rolls-Royce Silver Wraith — um carro de 1952, doado ao governo brasileiro pelo empresário Assis Chateaubriand (noutra versão: o veículo fora um presente da rainha da Inglaterra) — estacionou rente à sarjeta. Os vários Dragões da Independência com seus cavalos brancos trotadores e com seus penachos vermelhos haviam feito a escolta até ali. Estavam todos diante do Congresso Nacional. Uma cidadã gritava: "Eu estou superesperançosa! E sei que o Brasil vai mudar!" O presidente — jovem, bonito e loquaz — desceu do automóvel inglês recém-estacionado. Ajeitou levemente o paletó de seu terno, a gravata, e subiu a rampa. Subiu apressado, não queria atrasar a cerimônia. Por causa do porte de atleta que ostentava, aquele esforço mal foi percebido. Atrás dele, o vice-presidente — que não tardaria em ajeitar o topete — e inúmeros desconhecidos cheios de crachás. No meio da rampa, em algum momento, o alagoano se virou de lado e ergueu os dedos indicador e médio. Fez o V da vitória, era como chamavam aquele gesto. Sinal da vitória, sinal da vitória. Subiu a rampa por completo. Chegou ao Congresso Nacional, à porta do Salão Negro. Naquele prédio, recebido pelos presidentes do Senado e da Câmara, ele se transformaria. Sairia de lá outra pessoa. Uma pessoa mais poderosa; em teoria, a mais poderosa do país pelos próximos cinco anos. Juraria ser fiel ao Brasil, juraria ser fiel à pátria. Durante a espera, em algum instante prévio à Cerimônia de Posse, ao Juramento à Constituinte, num desses lances irônicos da História, sentaram-se num sofá *bordeaux* — encimado por fotografias de líderes antigos — dois outros personagens. No futuro, ainda incerto, ambos seriam também presidentes da República Federativa do Brasil. De qualquer forma, aquele era o momento do mais jovem, do Caçador de Marajás. Todos os convidados se levantaram no plenário do Congresso Nacional para receber o presidente eleito. Uma voz rouca e senil: "A sessão está suspensa!", disse. Era a praxe. Mote apenas para o Caçador de Marajás se acomodar sob os aplausos dos seus áulicos. Mais uma vez se viu o V da vitória. Um V efêmero, um V efêmero. Alcançou a Mesa Diretiva e tomou sua posição. Sentou-se à cadeira da Presidência. A sessão foi retomada. Hora de prestar o Compromisso Constitucional.

Todos, mais uma vez, se levantaram. O juramento enfático fora feito em quinze segundos pelo alagoano: "Prometo manter, defender e cumprir a Constituição. Observar as leis. Promover o bem geral. E sustentar a união, a integridade e a independência do Brasil." Outra salva de palmas. E, então, era a vez do vice-presidente jurar. Era a vez do vice, era a vez do vice.

3

O veículo também estacionou rente à sarjeta — era o mesmo dia estiado, de muito sol, mas não havia Rolls-Royces. Havia um caminhão Mercedes-Benz 1313 de boleia preta.

A mulher — jovem e não necessariamente bonita; loquaz, com certeza — saiu apressada de dentro da cabine.

Endireitando-se, já na calçada, organizou sua roupa, um vestido. Embora não fosse nela habitual aquele tipo de vestimenta.

Ajeitou a calcinha de renda por baixo do vestido troncho. Enfiou o polegar entre a nádega direita e a peça íntima. Suspendeu de leve o elástico de suas bordas e o soltou contra a bunda arrebitada gerando um som vulgar característico. Um estalo denunciador.

Olhou para os lados e não ouviu gritarias ou eleitores. Não havia ninguém. Fazia silêncio naquela rua.

Que bom.

Ainda daria o beijo de despedida: pisou no degrau à porta do caminhão. E, coleando, alcançou a cara do caminhoneiro. Pela janela aberta, deu-lhe um beijo.

A boca, num desenho cômico e cônico — emulando um tamanduá —, projetava a língua (com uma camada branca sabe-se lá de que tipo de secreção ou excreção) como um tapete que se desfralda em algum salão brega.

A língua protrátil e retrátil sugava e cuspia a língua do caminhoneiro. Sua ponta acesa fazia círculos rápidos.

A mão esquerda a pendurava, segurando a base do retrovisor. E a direta, entrando pela janela, alcançava a nuca do homem. E a acariciava fazendo também círculos velozes e sentindo os pelos eriçados do posterior da cabeça do seu macho.

Rindo — besta e apaixonada —, ela deixou o amante na boleia depois do beijo.

Entrou na escola onde ministrava aulas de História, nas quais falava sobre éticas e posturas.

A mulher saíra de casa havia três horas. Não viera diretamente para aquele prédio. Passara antes no motel, com o caminhoneiro, que agora manobrava, tentando ser discreto, como se isso fosse possível, o Mercedes-Benz 1313 preto.

(Ela dirá depois: Eu estava tomando posse do meu corpo! Eu tenho esse direito! Tu precisa saber que eu não te devo nada, não pedi pra tu me aceitar sem cabaço. A escolha foi tua, estás entendendo? Estás? Bicho, eu sou nova e tenho uma vida e não vou ficar amarrada aqui, não. Olha pra tu: já estás ficando velho também. Tu vai querer mesmo viver a vida toda com uma mulher que não te quer?)

Os amantes se despediram com um último olhar, que ainda guardava lascívia. Um desejo cínico boiou no ar entre eles, sabedores, ambos, que ocupavam o lado avesso à moral.

A mulher, porém, estava enganada quanto ao desconhecido da situação: alguém a observava.

O marido, ao longe, acompanhou o ato final da manhã de adultério. Naquele local, alguém que erguesse dois dedos da mão não estaria fazendo o sinal da vitória, e aquele V mais largo seria símbolo de outra coisa — chifres.

O marido chorou.

Lágrimas molharam a calça de brim alexandrino e escureceram o tecido rústico. Lágrimas escureceram e mancharam a alma daquele homem rústico. Lágrimas caíram sobre o filho ainda com as perninhas envoltas em ataduras de gaze: eu tinha um ano e alguns meses. E estava no seu colo.

O marido fizera muito pela mulher, pelo casamento e pelo filho — em vão. Acreditava mesmo na pujança de seu gesto. Era uma bondade, uma dignidade, uma decência. Como aquele profeta pouco importante das Escrituras, Oseias, um dos doze menores. A mulher foi de outro tantas e tantas vezes, e ele a recebia, porque havia o propósito de Deus por trás. Algo bem maior do que a vida comezinha do profeta.

Devia haver um propósito mais sublime em a vida tê-lo misturado à filha desvirginada do marchante para lhe resgatar a honra. Acreditava nisso. Afinal, "o que Deus ajuntou, não o separe o homem".

Não havia rampas ou plenários lotados o aplaudindo pelas atitudes de hombridade que tomara. Não havia mesas diretoras lhe dando título diante de redes de TV. Não havia nada. Apenas sua resiliência.

Mas houvera um dia, no passado — lembrava-se direitinho de todas as palavras —, um juramento da parte da mulher: Eu recebo-te por meu esposo, a ti; e prometo ser-te fiel, amar-te e respeitar-te, na alegria e na tristeza, na saúde e na doença, todos os dias de nossa vida.

Ali, um juramento falso morria. Em Brasília, um juramento falso nascia.

É certo: o dia 15 de março de 1990 não foi um dia bom para juras.

"Todos são iguais perante a lei, (...)
garantindo-se (...) a inviolabilidade do direito
(...) à propriedade"
(Art. 5º, Constituição da República Federativa do Brasil)

1

(...) o primeiro passo, sempre o mais difícil; você sente os cravos rosqueáveis da chuteira enraizando-se no gramado falso, como se fossem o fio terra da grande haste de aterramento que é você: captando a eletricidade de milhares nas arquibancadas, de milhões de torcedores brasileiros, de bilhões de telespectadores pelo mundo (...) nunca as pernas foram tão pesadas, e a culpa nada tem a ver com os mais de 120 minutos corridos, com os 15 quilômetros de breques e arrancadas, de faltas providenciais, de puxões de camisa camuflados, de jogo de corpo, de divididas (mas você sempre chamou de "travadas") (...) o peso das pernas nada tem a ver com a soma de suas ações técnico-táticas dentro de campo, o que pesa se chama responsabilidade: cobrar o último pênalti (...) e se lembra do primeiro: o campinho de várzea, ao lado do material de construção, ali você se construiu: evitando o ostracismo de ficar no gol, mas sem o talento para o estrelato da meia-esquerda, sem a frieza necessária à artilharia (...) escolheu sua função: volante, cabeça de área, apanhar a bola do beque central e levá-la ao camisa 10 (...) na intermediária defensiva, se fez: rasgando a pele nos espaços carecas e ásperos — como chapiscos — do campinho quase sem grama; observando as cascas de feridas rebocarem sua pele dia a dia; aprendendo a fortalecer as canelas dando aos finos ossos a solidez do vergalhão e do cimento, do cimento queimado, do concreto armado; tentando substituir seus nervos, tão finos e inconstantes, por arame, de preferência farpado, para não temer as grandes decisões, para ser talhado às grandes decisões; por fim, a cal; a cal da humildade, a cal da obediência, a cal para perceber onde se encaixaria nos esquemas táticos futuros (...) a grande lição desde a várzea: entender seu real lugar, status e estatura futebolística (...) a pilha de tijolos, onde, de vez em quando, a bola saída pela lateral iria se esconder; você, desde menino, sabia que sua construção seria metódica, tijolo a tijolo, ligada por argamassa específica: a resiliência, que herdara do pai (...) no primeiro jogo a valer depois de tantos treinos, seu pai saiu mais cedo do trabalho, prometeu assistir à partida; você iria jogar um tempo, mas o garoto titular faltou, você jogou 90 minutos; na lateral, seu pai segurava a sacola onde levara a marmita pela manhã; não conseguiu jogar bem, o olhar paterno: um cadeado; a aprovação ou a desaprovação dele foi asfixiante demais, você não conseguiu fazer o planejado, ficou preso no campinho de várzea, apeado, alicerçado (...) quando, já ao final daquele jogo, o zagueiro adversário colocou a mão na bola e o árbitro (você sempre chamou de "juiz") marcou a penalidade máxima, o olheiro-treinador perguntou quem queria bater; nas palavras dele: quem quer deixar de ser menino para ser homem assumindo a responsabilidade (...) mirou o olheiro-treinador e, em seguida, seu pai, ambos balançaram a cabeça concordando com sua cobrança; você segurou a bola de gomos hexagonais e de costuras frouxas, viam-se as linhas que cerziam os pedaços de couro; a bola foi sopesada pela mão direita e depois pela esquerda, como na clássica caminhada de didi na final da copa de 1958; você atravessou o campinho lentamente; como didi naquela partida, foram 27 passos lentos, pensados (...) a caminhada do "príncipe etíope", dizem os especialistas, é o divisor de águas quanto ao futebol brasileiro, ali ficaria para trás nosso espectro de vira-lata; a altivez e a fleuma de didi — depois de levar um gol dos donos da casa na final de uma copa — eram prova inequívoca de que algo superior pisava aquelas gramas suecas; ali nascia, efetivamente, o país do futebol (...) sua caminhada, aos olhos do pai e do olheiro-treinador, era prova de que também você seria alguém especial, superior à maioria daqueles que já pisaram um retângulo quadrado de gramas frias ou ralas (...) mas era apenas — e ainda — um menino: largou a bola no chão da grande área, baixou a cabeça, virou-se e saiu pela lateral: desistiu de cobrar o que seria seu primeiro pênalti (...) agora, porém, no meio deste estádio olímpico russo, você não vai ficar parado, amarrado;

caminhará e cobrará seu último pênalti; já não há pai, já não pesa sobre seus ombros a aprovação ou a desaprovação dele; não haverá desistências, a cobrança será feita e será sua; apenas sua (...) é hora de, arrancando raízes, dar o primeiro passo em direção à marca da cal

2

"Aí são duas coisas diferentes... uma coisa é o seguinte: nós vamos ter que fazer uma revisão... são duas coisas diferentes, nós vamos ter que fazer uma revisão em toda a questão... é... em toda a questão... é... da Lei do Inquilinato. E daí, também, há uma diferença entre os aluguéis, os aluguéis... é... os aluguéis novos, os aluguéis que já estão correndo, que já estão contratados e os, os aluguéis novos, né, então isso daí terá que ter algumas regulamentações específicas para cada um, para cada um desses casos." A mulher de 36 anos e de 1,63 m de altura tinha mandíbulas fortes, salientes, projetadas. Isso dava ao seu rosto um aspecto retangular, quase quadrado, emoldurado por cabelos em ondas, repartidos à esquerda, normais naquele período. Usava blusa branca de seda, que, às vezes, a olhos atentos, reluzia — todos os botões da peça estavam fechados até a gola. Ao pescoço, um colar de pérolas beirando o *kitsch*. No pulso esquerdo, um relógio discreto de pulseira de couro. Desde o dia anterior, quando tomara posse do Ministério da Economia, tornara-se a mulher mais poderosa do país, talvez a mais poderosa de toda a história do Brasil até então. Nascida em São Paulo, capital, militou quando mocinha no PCdoB. No início dos anos 1970, usava o codinome Marina. Depois se formou em Economia pela USP, fez doutorado e lecionou — sem nunca demonstrar algum talento excepcional. Uma vez formada, trabalhara como analista, consultora e conselheira em diversos órgãos públicos e privados. Nunca fora brilhante. Conhecera o presidente eleito havia por volta de três anos e a ele se alinhara, sendo sua assessora econômica durante a campanha à Presidência e ministra da Economia de primeira hora. Em entrevistas, às vésperas do segundo turno, já alardeava que reformas seriam feitas — a fiscal, a patrimonial, a administrativa. Renegociaria a dívida externa. Durante um ano e dois meses, seria a líder máxima da equipe econômica do Caçador de Marajás. Nunca fora brilhante, repita-se. A ministra da Economia falava na TV com o riso nervoso dos inapetentes e sem nenhuma convicção daquilo que viria a afetar a vida de toda uma nação, milhões e milhões de pessoas. Tentava explicar o Plano Brasil Novo, que mais tarde ficaria conhecido pelo nome do presidente da República em exercício. Mas apenas um dos pontos daquele plano, o ponto essencial, chamava a atenção e deixava o país perplexo: quem tivesse dinheiro nas cadernetas de poupança, em contas-correntes e no *overnight* não poderia sacá-lo. Ao lado da ministra, na bancada, estavam dois jornalistas, um homem e uma mulher, estarrecidos com a apresentação daquelas propostas, que já num primeiro momento pareciam tão carentes de lógica. Porém, mais do que uma desfaçatez, a série de mudanças — troca de moeda, abertura econômica, desindexação e, sobretudo, o confisco — era vista como atestado claro de uma traição. Aqueles que juraram proteger a nação a saqueavam. Era o dia 16 de março de 1990, um dia após a posse do novo presidente da República. "Quem tinha um depósito à vista, quem tinha ontem um depósito à vista de 50 mil cruzados pode ir ao banco segunda-feira e sacar se quiser 50 mil cruzeiros ou quem tinha isso... o que excede isso, a parte excedente, a esses 50 mil... fica depositada no banco, junto ao Banco Central, sob a titularidade da pessoa física ou da pessoa jurídica em forma de cruzados novos."

3

Longe dali, outra mulher poderosa — observada a devida proporção — também anunciava suas traições.

Interrogada sobre o caminhão preto e a chegada atrasada à escola, após passagem providencial no motel, esta mulher não titubeou. Não negou. Não se escusou — tinha também maxilares rígidos.

Não havia um país perplexo por ouvi-la. Apenas um marido perplexo ante a declaração: Eu estava tomando posse do meu corpo...

Cruel e didaticamente, explicou que aquele casamento foi um erro, que ter aceitado a bondade dele quando desvirginada havia sido um erro, que não ter tirado o filho fora um erro, que ter casado e jurado fidelidade fora um erro, que a união deles estava se encerrando. Ou talvez entrado numa espécie de confisco.

Fez um beiço cínico: Não quero te tapear mais. Não quero mais fazer meus esquemas e me encontrar com outros machos em setores desconhecidos. Vamos nos apartar. Que tal um tempo, sei lá, dezoito meses de distância, por exemplo, para amadurecermos o que realmente pensamos, o que realmente sentimos?

Ele — o pai, o marido — podia levar o menino se quisesse. Ela — a mãe, a mulher — não faria questão. Mas da casa — que era dela, financiada com seu salário de professora de História — não arredaria.

O homem ouviu tudo isso manso, acovardado. Como a nação ao redor, precisava de um fim de semana para processar o que estava acontecendo e moldando sua vida atual e futura. Talvez fosse o melhor mesmo.

Outras, disse ela, podem fazer concessões aos sentimentos alheios. Mas eu não aceito concessões sentimentais. Não quero. Uma pessoa é possuída e é dominada pelo sentimento que nela se tenha investido.

Acerca dessa última fala, perguntou se ela tinha adaptado da Bíblia.

Não. É de Eduardo Galeano.

(Iria chamá-lo de ignorante, mas o poupou daquela derradeira humilhação.)

A conversa findou-se.

O pai, o marido, em relação a detalhes práticos, cotidianos, estava sossegado. Sair de casa com o filho não seria problema. Possuía uma poupança significativa para seus padrões. Livres do aluguel — e, ele, da prestação da casa —, a família fizera economia feroz.

Enquanto arrumava as roupas encardidas suas e do filho, fazia contabilidades mentais. Sacaria, logo na segunda-feira, a poupança da família — havia duas contas, em datas diferentes, para não serem tão afetados pela hiperinflação.

Daria, era um homem correto, a metade à sua mulher, agora ex. Recomeçaria a vida com a outra metade.

Tinha seu emprego seguro na Portobrás. Alugaria casa. Arrumaria outra mulher. Voltaria a amar e a sorrir. Criaria o filho. Isso pensou quando já estava no banheiro.

Suspendeu a tampa e o assento do vaso sanitário. Colocou uma das mãos na parede como apoio. Mijou longamente. Evitou a água do vaso e direcionou o jato de urina para a lateral de porcelana barata. O mijo contra a água produzia um barulho irritante pelo qual sua mulher sempre o repreendia. Puxou o fecho ecler com força e abotoou a braguilha.

Talvez não tenha sido homem o suficiente. Talvez não tenha dado no couro. Deixou sua personalidade ser aferrolhada. Na próxima mijada, faria o barulho que quisesse. Cessaria de ser um molenga.

Minutos depois, quando saía de casa — com filho ao colo, mochila às costas e planos para o futuro já alinhavados —, viu a ex-mulher debruçada à TV, atônita.

Ela usava um coque desleixado com a fiaparia de cabelos em desordem. A boca semiaberta para o nada. Os peitos pênseis, por causa da ausência de sutiã, demarcavam a camiseta.

59

Ele não prestou atenção às notícias. Saiu de casa silente. Inócuas seriam as despedidas.

Em algum lugar da rua, tocava a Hora do Ângelus.

Não assistiu à TV naquele dia nem assistiria aos telejornais altas horas da noite. Passaria o fim de semana com a mãe — mesmo sendo vergonhoso —, apurando, quarando sua dor.

(Apenas na segunda-feira seguinte — quando fosse tentar se recuperar da traição da esposa —, na Caixa Econômica Federal, tentando resgatar suas aplicações financeiras, é que conheceria a traição que seu presidente, o alagoano, lhe fizera naquelas primeiras horas de mandato. O Caçador de Marajás confiscara suas economias — sua única propriedade.)

Sem lar, sem mulher, sem poupança. E um filho para criar: eu.

"Todos são iguais perante a lei, (...)
ninguém será submetido (...)
a tratamento (...) degradante"
(Art. 5º, Constituição da República Federativa do Brasil)

1

(...) os passos acontecem, sucedem-se; a via-crúcis começa, você está nela; o que esperar: o martírio ou a redenção? a crucificação ou o beneplácito? a condenação ou a beatificação? (...) carregando todo o peso da tradição futebolística nacional — mais de cento e vinte anos de história nas costas, de charles miller ao 7 a 1 —, você faz a caminhada em direção à marca do pênalti (...) na lateral do campo, à frente de um dos bancos de reservas, já extrapolando a área técnica, alguém grita para você: não, não é seu pai; ninguém segura marmitex; quem berra é um almofadinha, roupa social, camisa brilhosa, cabelo domado, seu técnico: o melhor do país, o professor (...) você o escuta (...) a frase que ele usa é composta de apenas duas palavras, por isso, apesar da distância e da torcida, a sentença é inteligível: saúva, confiança!, repete: saúva, confiança! (...) saúva é você, é seu apelido; porque quando criança era ainda mais ruivo, seus cabelos

eram vermelhos, cabelos-fogo, cabelos-jerimum, cabelos-
-colorau; porque quando criança ninguém lhe segurava
o ímpeto marcador; e mesmo agora com trinta anos — já
veterano para esta profissão — você, raçudo, ainda corre no
campo mais do que todos os outros jogadores; porque quando criança nunca aprendera a perder, nunca se conformara
em buscar a bola no fundo da própria rede, sempre derivara
prazer de anular atacantes encabritados, sempre dera tudo
pelo formigueiro que representava, era o espírito de corpo
(...) quando os burocratas da fifa mostrarem os gráficos, os
números e as estatísticas desta final, você será o que mais
correu na partida, quinze quilômetros (...) saúva, confiança!
(...) ao correr tanto com sua cabeçorra de cabelos vermelhos
na grama verde, sempre lembrou uma saúva, a *atta sexdens*,
a formiga-cortadeira; e ficaria conhecido assim do infantil
até o profissional; neste instante, acima do número 8 — que
pertencera a dunga, a sócrates e a gérson —, é essa a palavra
que a camisa da seleção brasileira ostenta, o nome do inseto
está gravado nela; é o seu nome (...) saúva, confiança! (...)
associação desportiva confiança, em aracaju, sergipe, seu
primeiro clube: você foi fazer o teste (sempre chamou de
"peneira"); havia dois outros sonhadores por lá, um lateral
esquerdo e o outro lateral direito; eram bons jogadores, mas
não eram bons atletas; você, pelo contrário, sempre fora um
atleta exemplar, mesmo antes de ser um profissional; escolheu ser volante, cabeça de área; saúva mordia os adversários,
corria o campo inteiro, carregava pesos excessivos; por isso
ficou no time infantil do confiança; com o tempo, os laterais

se perderiam, mas você continuaria firme na intermediária defensiva do time sergipano; com salários atrasados e com pouca visibilidade para o mercado futebolístico nacional ou internacional, porém saúva conseguia vislumbrar o futuro: guardava no verão para ter no inverno (...) marcos-rafael e marcelo-daniel, os laterais, não virariam atletas; como milhões iguais a eles, a cachaça e as meninas tirariam os garotos do espetáculo; você não, saúva; você se regrava, trotava na praia para manter a resistência, não bebia nem cerveja, dormia cedo (...) então, finalmente aceitou o apelido em definitivo: saúva; e criou uma teoria, que anos depois descobriu não ser sua: o futebol brasileiro começou a desaparecer graças a uma mudança lexical, antroponímica: saíram os apelidos, entraram os nomes compostos; saíra a fantasia, entrara a cafonice (...) e você gosta de seu apelido, sempre gostou dele: saúva, confiança!, saúva, confiança!

2

O dia 19 de março de 1990 foi uma segunda-feira difícil para todo o país. O clima de incerteza era o *Zeitgeist* que a todos envolvia numa sebe de insegurança, medo e angústia. E de ignorância, de desconhecimento, pois ninguém tinha plena certeza do que esperar, ninguém tinha noção, naqueles dias, do quanto as palavras anunciadas pelo presidente de maneira enfática ("Agora, é vencer ou vencer!") e pela ministra da Economia de maneira tíbia ("Por isso que eu digo: o plano é muito simples, quer dizer...") iriam afetar tão profundamente a vida de cada um, a vida do país, o futuro da nação. Estavam vivendo um marco essencial da história, aquele que sairia, em breve, do patamar da normalidade para entrar no universo superior das lendas nacionais. A história se encarregaria de, no futuro, atribuir ao Plano Brasil Novo o total descrédito e de questionar por décadas: como alguém chegou ao ponto de ser tão estúpido? Outros, porém, advogariam que a história faria justiça àqueles jovens arrogantes e àquelas atitudes atabalhoadas e atrabiliárias (privatização, abertura da economia e fim da reserva de mercado, modernização da indústria automobilística, combate à inflação), pois foram elas as responsáveis, em longo prazo, por palmilhar o caminho para que outro plano econômico — o Real — tivesse sucesso e trouxesse novas feições à nação nas décadas seguintes. Alguém citou o clichê: "Situações extremas pediam medidas extremas." Alguém citou o poeta comunista alemão: "Vós, que surgireis da maré em que perecemos, lembrai-vos também, quando falardes das nossas fraquezas, lembrai-vos dos tempos sombrios de que pudestes escapar." Quando a repórter falou com o rapaz na feira de carros usados no Anhembi, ele fez uma piada: com os 50 mil cruzados novos não daria para comprar uma bicicleta. As pessoas riram. Nos meses seguintes, contudo, esse tipo de piada ficaria suspenso no ar, coalhado de constrangimento, gerando uma mágoa subterrânea, como se o autor da anedota fosse — e não o presidente da República e sua equipe econômica — o responsável por suicídios e desgraças pessoais daqueles que haviam aplicado toda a economia de uma vida em poupanças, ora inacessíveis. Dez milhões de pessoas em apenas cinco dias procuraram os bancos, onde a confusão era imensa. Bate-bocas, vias de fato, invasões de agência: um cidadão jogou o carro contra um banco. A moça bonita, que era a repórter, mostrou a seção de classificados no jornal com todos aqueles imóveis colocados à venda — a moeda era o dólar americano — e quantos cidadãos não haviam vendido o imóvel — às vezes, o único — e colocado o valor na caderneta de poupança, e nela, como se um terremoto perverso tivesse surgido, só sobrara o pó irrecuperável, ou a catação de escombros pecuniários dezenas de anos depois, através de ações judiciais morosas que se espichariam durante décadas. O vendedor de biscoito Globo e de picolé Kibon na praia de Copacabana estava apreensivo, viu que o seu movimento baixara drasticamente, pois as pessoas tinham medo de gastar com supérfluo o dinheiro que talvez não tivessem como recuperar, exceto na virada do mês, quando sacariam aquela quantia, para muitos, irrisória. "Vai ter um período que ele [o cidadão] vai ter que administrar", disse a ministra da Economia na TV.

3

Pai acordou graças à voz calejada de minha avó.

A velha já me tinha nos braços. Suas peles caíam frouxas, pelancavam. Usava um xale de onde pendiam fímbrias douradas. Mas eu estava entretido com as dobras de seu couro.

Sempre o mesmo, sem ação, um perdido, um bosta, disse minha avó, baixinho. Levanta! É hora de cuidar da vida!

A ressaca do fim de semana que recém-acabara ainda estava nítida em sua cara mal-amanhada, seus cabelos bagunçados e a barba por fazer.

Um filho chifrudo e cachaceiro, isso é uma desmoralização. Já tinha pegado a mulher sem selo, agora é chifrado. Foi pra isso que te criei, traste? Chispa!

Pai sentou-se à beira da cama. Pensou sobre fins e recomeços, os seus. Incrível como escolhera para mulher uma personalidade tão igual à da mãe.

Bora! Avia!, ela disse, saindo do quarto, pigarreando persistente.

Na parede, à frente da cama: manchas pretas de cuspe. A velha fumava e cuspia. Escarrava contra a parede tatuando-a com saliva espessa, pegajosa e escura. Manchava o reboco. E a gosma escorria até a concavidade da nacela e, depois, descia em filetes ao piso. O fumo do Avião era o preferido dela. Era o mais preto, o mais fedido, o que mais encardia as paredes. Mesmo transformado em cigarro de seda, ainda sobravam os vestígios que se desprendiam e se misturavam à saliva formando uma geleia nojenta.

Como é difícil aprumar-se, pai pensou. Como é difícil levantar-se de novo. Era preciso, contudo. Sabia que a convivência com a mãe seria breve. Logo estaria com dinheiro no bolso, **casa** nova arrendada.

Tomou o café pensando, inclusive, que ressarciria a mãe pela refeição tão módica. Pediu para que a velha ficasse com o menino, eu, em seus braços pelancudos. Iria ao banco resolver umas coisas.

Mas antes, sozinho no quarto, apanhou sua Bíblia. Irei ler a Palavra Sagrada.

O livro: João Ferreira de Almeida, tradução de 1667. De tanta leitura, a capa preta do volume estava pálida, gerando no local de sua mão uma sombra paradoxalmente branca, onde pai tantas vezes depositara e depositaria sua mão esquerda, que servia de base para o livro. A direita folheava as páginas de papel fino quase transparente, como ele.

Leu alguns versículos — que ele mesmo já marcara — sobre o perdão. "Perdoai as nossas dívidas, assim como perdoamos os nossos devedores." "'Senhor, quantas vezes deverei perdoar a meu irmão quando ele pecar contra mim? Até sete vezes?' Jesus respondeu: 'Eu te digo: "Não até sete, mas até setenta vezes sete."'" "Perdoem e serão perdoados."

Era preciso limpar o coração desse azucrim. Não guardaria ódio à mãe que o humilhava. Nem guardaria ódio aos amigos que riram pelas suas costas. Nem guardaria ódio à mulher que o traíra. Saberia viver com pouco amor e com pouco ódio.

Saberia viver com pouco: com o salário recebido na Portobrás.

Foi isso que pensou, horas depois, quando finalmente tomou consciência, por meio do gerente balofo, de que suas economias estavam confiscadas (eufemisticamente: bloqueadas). Viveria com o básico. Não bastava levarem sua mulher, sua família, levaram também sua segurança financeira.

Na praça em frente ao banco, como milhares de brasileiros naquela segunda-feira de março, tentou chorar e não conseguiu. Teve raiva. Sentiu-se degradado.

Novamente abriu a Palavra Sagrada. Encaixou a mão esquerda na mancha-luva branca que o uso desenhara na capa preta do livro santo: "A minha graça te basta, porque o meu poder se aperfeiçoa na fraqueza."

"Todos são iguais perante a lei, (...)
é livre o exercício de qualquer trabalho,
ofício ou profissão"
(Art. 5º, Constituição da República Federativa do Brasil)

1

(...) não olhará para trás, para o meio do campo; não verá os dezenove homens, entre parceiros e adversários, quase todos ajoelhados; o círculo central ficou no passado; os companheiros de equipe, que se tornarão menores a cada passo seu, estão ali: mesmo você sabotando essa perspectiva, porque, enfatizo, não olhará para trás, não olhará de forma alguma (...) seus colegas, dentro de alguns minutos, poderão se transformar nos heróis do hexacampeonato: (1) um deles bate na mulher, há um vídeo, viralizou na internet: estão na garagem do prédio, ele desce do carro, dá a volta no capô, puxa a mulher para fora, desfere nela um soco-cascudo, ela cai sentada, protege o rosto, recebe outro soco; já no chão, mais dois chutes-bicudos — "eu estava tentando afastar ela de mim, ela escorregou, estava descontrolada"; foi o melhor lateral do campeonato italiano durante quase uma década: a mulher o perdoou, o país o perdoou (2) o outro atleta facilmente seria indiciado por associação ao tráfico, há uma interceptação telefônica: falam de dar um "teco", falam de "carga" de 10 e "carga" de 20, falam de "tênis" importado da colômbia, falam de "arregar", "pode chegar que os polícia estão tudo arregado, ainda mais na madruga tá livre pra dar uns tecos"; a bola — a de futebol — sempre fora sua amiga, batia nele e entrava, foi artilheiro na alemanha, na espanha, na holanda: tantos e tantos decisivos gols durante as eliminatórias (3) aqueloutro: há uma reportagem da tv: depois de dez anos jogando na cidade dos beatles, sendo meio-campo do everton, estava perdido na cidade do rio de janeiro, que agora lhe parecia estranha; pegou uma saída estranha na avenida estranha; sem querer chegou a um bairro estranho; o setor estranho do bairro estranho estava pouco iluminado; deu carona a umas moças estranhas; cansados, entraram em um motel para um papo estranho; os travestis quiseram chantageá-lo, mas não deu mídia; não era a primeira vez que um escândalo assim acontecia com jogador famoso: a sociedade acreditou outra vez no craque do momento (4) mais um, existe a fotografia: o velho calvo tem um olho fechado irremediavelmente; o outro, lacrimoso; o nariz descascando; a boca chupada, sem dentes ou dentaduras; uma blusa velha, rota, de uma campanha política antiga; uma cueca samba--canção feia; está sentado em uma cama, o colchão não tem forros nem cobertas nem fronhas, a parede ao lado da cama é suja; a janela que aparece num dos ângulos da foto tem os vidros quebrados — o pai, com alzheimer, foi abandonado pelo filho, zagueiro do shakhtar: "eu mandava dinheiro pra ele da ucrânia e ele não aceitava", "comprei uma casa pra ele e ele deu a casa", "foi minha mãe quem me criou, não devo nada a ele" (...) chega! chega! serão esses os heróis do hexa?, você balbucia mesmo essa frase; então lembra do nome de todos eles, seus companheiros de equipe, todos têm nomes duplos, e vem à mente mais uma vez sua teoria, que não é sua: antes, os verdadeiros craques usavam apelido dentro do apelido: zizinho: "mestre ziza"; vavá: "o peito de aço"; didi: "o príncipe etíope"; garrincha: "a alegria do povo"; pelé: "o rei"; zico: "o galinho de quintino"; até que veio a transição para um nome só, já sem apelido, ainda craques, embora em um patamar subalterno: romário, rivaldo, ronaldo(s) — um único apelido, cafu, no penta — e mesmo ali já havia os nomes dobrados: roberto carlos, gilberto silva, roque júnior; era o fim profetizado: era o futebol-arte sendo preterido pelo futebol-burocracia; um futebol pragmático, de resultados apenas e de outros tantos clichês; até chegarmos aos: júlio césar, david luiz, luiz gustavo, thiago silva, dani alves, 7 a 1 (...) e você, que não é um jogador-artista, que o chamam de carregador de piano, sente falta do futebol-moleque, do amor à camisa (você sempre disse "dar o sangue"), da coerência de defender um clube ou o menor número possível deles durante a carreira; que se orgulha do apelido: saúva; você sabe: há um longo caminho a seguir à marca da cal, ao pênalti; é preciso abandonar os companheiros de vez, os heróis; é preciso olhar para a frente (...) o goleiro começa a se esticar debaixo das traves: há anos é o melhor do mundo; mas, ao firmar os olhos à frente, certo de que não olhará para trás, qualquer vestígio de nervosismo mitiga, e é como se voltasse aos treinos do confiança: você, saúva, está cheio de confiança para o que veio fazer aqui

2

A bandeira nacional e a bandeira-insígnia da Presidência, ainda fraldadas, ladeavam o alagoano. Ulteriores às flâmulas, estavam as persianas — que pareciam grades de uma cela de desenho animado. Acima delas, as sanefas pretas lembravam luto. Era só impressão de ótica, porém. Naqueles dias e meses iniciais, com a conivência e covardia do Congresso Nacional, o Caçador de Marajás tinha toda a liberdade e anuência para redigir medidas provisórias — toscas e pessimamente escritas, às vezes alteradas às pressas — e governar como se estivesse numa monarquia. O presidente da República Federativa do Brasil prometera e, neste primeiro dia de trabalho, a despeito do marketing — chegada de helicóptero e travessia da Praça dos Três Poderes com toda a comitiva ministerial —, punha-se a cumprir a Reforma Administrativa, a promessa do déficit público zero. Para isso, haveria o fechamento de ministérios, autarquias e empresas públicas, além do afastamento de maus funcionários. As palavras do mandatário foram alvissareiras. Era o chamado Saneamento Moral. Voz firme, coluna ereta, sílabas providenciais alongadas: "1. Abuso Econômico passa a dar até cinco anos de cadeia neste país; esconder mercadorias, exagerar nos preços, iludir o consumidor levará para trás das grades o gerente, o diretor e o dono da empresa. 2. O funcionário público que participar de atos lesivos ao Fisco será demitido e será preso. 3. Extinção de todas as mordomias, pagamentos disfarçados de salários etc. 4. O anonimato da riqueza escusa, conseguida com sonegação, está extinto; acabaram os títulos ao portador e o sigilo protetor até de criminosos. 5. As grandes fortunas passarão a pagar sua contribuição para sanear o país. 6. Os ganhos de capital obtidos nas bolsas de valores passam a ser tributados, encerrando-se assim uma odiosa discriminação." Dias depois: Presidência da República. Casa Civil. Subchefia para Assuntos Jurídicos. Lei nº 8.029, de 12 de abril de 1990. Dispõe sobre a extinção e dissolução de entidades da administração Pública Federal, e dá outras providências. Faço saber que o Congresso Nacional decreta e eu sanciono a seguinte lei: Art. 1º É o Poder Executivo autorizado a extinguir ou a transformar as seguintes entidades da Administração Pública Federal: Superintendência do Desenvolvimento do Centro-Oeste (Sudeco), Superintendência do Desenvolvimento da Região Sul (Sudesul), Departamento Nacional de Obras de Saneamento (DNOS), Instituto do Açúcar e do Álcool (IAA) e Instituto Brasileiro do Café (IBC). Fundação Nacional de Artes (Funarte), Fundação Nacional de Artes

Cênicas (Fundacen), Fundação do Cinema Brasileiro (FCB), Fundação Cultural Palmares (FCP), Fundação Nacional Pró-Memória (Pró-Memória), Fundação Nacional Pró--Leitura (Pró-Leitura), Fundação Nacional para Educação de Jovens e Adultos (Educar) e Fundação Nacional do Café (FNC). Empresa Brasileira de Transportes Urbanos (EBTU), Empresa Brasileira de Assistência Técnica e Rural (Embrater), Companhia Auxiliar de Empresas Elétricas Brasileiras (Caeeb), Banco Nacional de Crédito Cooperativo (BNCC), Petrobrás Comércio Internacional (Interbrás), Petrobrás Mineração (Petromisa), Siderúrgica Brasileira (Siderbrás), Distribuidora de Filmes (Embrafilme), Companhia Brasileira de Projetos Industriais (Cobrapi) e Companhia Brasileira de Infraestrutura Fazendária (Infaz). Em 1975, ainda sob o regime militar, fora criada a Empresa de Portos do Brasil S.A.: vinculada ao Ministério dos Transportes, tinha a finalidade de supervisionar, orientar, coordenar, controlar e fiscalizar as atividades relacionadas com a construção, administração e exploração dos portos e das vias navegáveis interiores. PORTOBRÁS, fechada.

3

Acordou às cinco da manhã. Era a praxe.

Estava ainda de favor na casa da mãe.

Foi ao banheiro e espalhou a espuma na cara. Quebrou a gilete envolta no papel sedoso. Ouviu-se um barulho oclusivo. Uma das lâminas serviu para armar a navalha.

Esticou o pescoço e a pele do pescoço.

A lâmina veio na horizontal em direção à jugular. Porém, a milímetros do couro, a lâmina mudou para a posição oblíqua e começou a caçar os pelos hirsutos de sua barba fechada.

À medida que a lâmina dançava, clareiras de pele iam surgindo na floresta de sua cara.

Sentia-se bem em fazer aquilo. Em seguir o ritual metódico nas primeiras horas da manhã. Não era tão fresco a ponto de ter toalhas quentes para abrir seus poros ou se preocupar com a rugosidade da pele. Contentava-se com a toalha normal um tanto crespa pela economia no amaciante.

Afinal, eram tempos difíceis aqueles estabelecidos pela nova política econômica. E pensar que foi um dos que escolhera o Caçador de Marajás para presidir o país...

Depois da barba, um banho com sabonete Senador — ou Phebo, em casos muito específicos. Os últimos luxos preservados.

Era o dia 12 de abril de 1990.

Dia difícil, como foram os 27 anteriores, desde a posse do alagoano — o vilão laqueado de mocinho. Numa espiral caceteira, pai perdera quase tudo. Menos o emprego.

Os poucos dias com a velha, minha avó, viraram semanas. Perigavam virar meses. (Quando é que você e seu menino vão desinfetar daqui?) Fizeram de pai, antes um homem comum e bem-humorado, um bosquejo fadado à depressão.

Então, apegou-se à rotina como talvez a única forma de não derivar. De não sucumbir. Vestiu a roupa de trabalho. Felizmente lhe restava isto: sua ocupação.

Não acordou o filho, eu, naquela manhã de Quinta-Feira da Paixão. Deram ponto facultativo. Mesmo assim, funcionário operoso que era, iria à repartição. Havia coisas a fazer.

Caminhou até o trabalho. A pé, economizava na condução e tinha mais tempo para refletir. Passou pela praça do relógio. Viu um cachorro rasgando e mastigando uma sacola de lixo no monturo.

Refletiu — fazendo esforço para isso — sobre como sempre ficara uma saída. Naquele caso, o emprego. Perdera muito, mas não tudo.

Entrou na repartição autômato como sempre e pôs, naquele posicionamento corriqueiro, seu paletó no espaldar da cadeira e sentou-se já projetando o cafezinho.

Foi só então que leu no Diário Oficial: todo o fechamento daquele órgão. Extinção completa. Seu desemprego.

Tudo.

O tricô maldito estava, afinal, tecido. Cessou o livre exercício de sua profissão.

Pai saiu à rua e tentou chorar. Era a segunda tentativa de choro em menos de um mês. Caminhou rápido, mas sem nexo. O porquê era o que mais se perguntava.

Acabou sentando-se no banco da praça do relógio — a mesma onde tentara dias atrás digerir o confisco de sua poupança. Voltou a encontrar o cachorro que antes rasgava o lixo, focinhava e revirava os detritos. Achou o de-comer.

Com a fome saciada, o cão parou à frente de pai. Irmanaram-se.

Metade do corpo do animal assumiu posição vagamente oblíqua. As patas traseiras foram arqueadas. O canino começou a defecar.

Você é um bosta!, dissera minha avó.

Pai observou todo o ritual escatológico do cão. Até que, por fim, as fezes saíram aos poucos em pequenos tubos cilíndricos e amarronzados. Continuou observando o cachorro. E, apesar do rabo, a visão não foi atrapalhada. Viu os músculos do esfíncter fazendo seu trabalho de contração e relaxamento, expandindo e voltando à origem, expondo as nervuras que dali radiavam o ânus canino.

Lágrimas começaram a cair dos olhos de pai tão esforçadamente quanto os tubos cilíndricos e amarronzados de excremento de cachorro. Fruto também de um laborioso trabalho muscular, as lágrimas do homem pareciam sólidas, marrons.

"Todos são iguais perante a lei,
(...) é garantido o direito de herança"
(Art. 5º, Constituição da República Federativa do Brasil)

1

(...) você é frio; talvez o capitão mais cerebral que a seleção brasileira já teve; sua caminhada continua resoluta; com olhos secos, observa o braço esquerdo: há uma tarja amarela envolvendo o bíceps; há também uma logomarca de uma empresa esportiva nesta tarja (...) sem parar a trajetória em direção à marca do pênalti, ao espaço-gol, você ajeita a peça com a mão direita — é chamada de braçadeira, a braçadeira de capitão —, é como se rosqueasse aquilo no braço (...) caso o velcro se soltasse, seria impossível recolocá-la sozinho, precisaria de outro jogador; mas não irá se desgarrar, assim como você não precisa de mais ninguém e não se desgarrará de seus propósitos: o que vai fazer daqui a alguns segundos é responsabilidade exclusiva sua (...) você demora um pouco mais ajeitando a braçadeira para que de propósito o diretor de tv perceba aí uma deixa para aquele melodrama típico das transmissões esportivas brasileiras, onde o esporte perde seu aspecto lúdico e adquire tons piegas e autoindulgentes, tons de panaceia para as dores, as humilhações e as inapetências nacionais (...) o diretor de tv dará um *close* — pois aquela emissora possui câmeras exclusivas, além das oficiais-fifa —, e isso será outra deixa para que o narrador — voz ranheta, cansada de tantas copas, mas que não larga o osso — possa falar daquela simbologia: temos um capitão, a equipe tem uma alma; então, o locutor irá lembrar de bellini, mauro, carlos alberto torres, dunga e cafu (...) e no final desta genealogia fantástica estará você, o sexto, o capitão do hexa (...) o narrador falará que o grande erro da copa anterior, jogada em casa, estivera na escolha do capitão — um chorão, um fraco, que saía jogando com o lado de fora do pé (você sempre chamou de "trivela"), mas tinha medo de cobrar pênaltis decisivos e que se sentava na bola como criança e vertia lágrimas patéticas como menina (...) saúva não, nunca viram você chorar, nunca (...) mesmo nos títulos (insignificantes para o ideário brasileiro, como a copa américa), mantinha uma atitude estoica, gelada, e não tripudiava sobre os adversários; era o capitão, diziam na mídia, que a seleção sempre precisou e mereceu: o líder que o brasil ansiava; o líder-líder: o messianismo de sempre, o sebastianismo idiota de sempre, que emprenhava a cultura brasileira, também ali se revelava, e este era você: nosso líder, que puxava a orelha dos jovens talentos e que era exemplo para os veteranos, técnico dentro das quatro linhas, reserva moral, inspiração e moldura de coragem (...) assim que acabara o segundo tempo da prorrogação, você foi ao técnico e disse: eu cobro!, eu cobro! — as tvs captaram a postura corajosa — e vou cobrar por último, carrego minha responsabilidade (...) o narrador gritava em rede nacional: e ele nunca chora, nunca

2

("Me arrependo. Foi uma atitude temerária. É o que a gente chama 'cutucar a onça com vara curta'.") De março de 1990 até 29 de dezembro de 1992, quando finalmente renunciou — embora o Senado tenha continuado com o processo de *impeachment* até o final —, foram 33 meses de erros, desmandos e perdas. O presidente bonito deu lugar a um homem alquebrado, derrotado, exânime. Parecia — e no futuro aquele personagem, presidente-folclórico, fará um balanço triste — tudo fadado ao sucesso: ele, casado em segundas núpcias com uma linda galega, voava de helicóptero, fazia *cooper*, guiava *jet ski*, dirigia caças supersônicos e Fiats Elba. Seria o melhor presidente da história do Brasil: havia um quase *script* para isso. ("Porque ali, talvez por eu estar sob uma pressão muito grande, eu quisesse, no fundo, saber logo qual seria o desfecho daquilo, porque foi um processo de tortura.") De prefeito de Maceió a chefe da nação. Mas, aos poucos, enquanto tirava tudo do brasileiro comum, não percebia que tirava tudo também de si mesmo. Tirou de si a esperança que muitos brasileiros — foram 35 milhões de votos contra 31 milhões do oponente — lhe depositaram, porque os decepcionou. Invadiu como blitz um jornal importante, a *Folha de S.Paulo*, ganhou o repúdio da imprensa. Afastou de si o empresariado que o escolhera em lugar do Sapo Barbudo. Esnobou o apoio do Congresso, porque era coronel — filho e neto de coronéis —, não soubera dialogar com os deputados e os senadores da República. Perdeu a governabilidade. ("Então eu disse: 'Com isso ou a gente vai se afirmar nas ruas ou, então, se a gente se sentir abandonado nesse processo, eu já sei que não tenho mais forças para poder lutar.'") Seus arroubos — um dia charmosos — passaram a ser petulantes, insossos: corridas marqueteiras, camisetas-*outdoor*, discursos enfadonhos porque pleonásticos, porque teatrais, porque, afinal, vazios. O PRN, que ele fundara, era um partido pequeno, sem nenhuma organicidade. Tivera de escolher um vice-presidente que nem sequer conhecia pessoalmente antes do processo eleitoral. As corrupções começaram a ser aventadas e se aprofundariam em breve. O brasileiro médio teria uma lista de expressões a se familiarizar a partir dali: crime de responsabilidade, tráfico de influência, o esquema PC, fantasmas, empréstimos uruguaios. Abriu-se um leque de inimigos de diversas estirpes, cores. Até que um dia, falando a taxistas, cometeria, com o famoso discurso, seu suicídio político: ("E aí quando no domingo as informações começaram a chegar, que as pessoas estavam se vestindo de preto em vez de verde e amarelo, aí eu disse: 'A Presidência está perdida.'")

3

Foram 33 meses de depressão. E prováveis 33 milhões de orações. O pai bonito deu lugar, ao longo dos dias, ao pai velho. O homem acordou às 5h da manhã. Era praxe, como se sabe. Já não tinha mais nada. A mulher se foi. A casa se foi. A poupança se foi. E, como últimos elos dessa cadeia doentia, se foram o emprego e a dignidade.

(O pai se dirigiu ao banheiro e quebrou outra vez a lâmina da gilete envolta no papel sedoso. Ouviu-se um barulho oclusivo.)

O trabalho era em uma autarquia federal. Achou que nunca mais se preocuparia com o desemprego quando foi contratado pela Portobrás. Afinal uma colocação na administração pública — o chamado amanuense — era a ocupação que todo brasileiro queria. Um trabalho com pouco trabalho e um emprego inatacável. Então surgiu o *playboy* alagoano, que nem sotaque tinha, e conseguiu tirar dele absolutamente tudo.

(O pai se dirigiu ao banheiro e quebrou outra vez a lâmina da gilete envolta no papel sedoso. Ouviu-se um barulho oclusivo. Uma das lâminas serviu para armar a navalha. Ele esticou o pescoço e a pele do pescoço.)

O que o segurou até agora contra o ato infame não foi a mentalidade retrógrada segundo a qual quem fazia a autoquíria não era enterrado ou deveria ter as mãos cortadas. O que o segurou foi sua fé. O exemplo de outro homem de fé: Jó.

(O pai se dirigiu ao banheiro e quebrou outra vez a lâmina da gilete envolta no papel sedoso. Ouviu-se um barulho oclusivo. Uma das lâminas serviu para armar a navalha. Ele esticou o pescoço e a pele do pescoço. A lâmina veio na horizontal em direção à jugular.)

Assim como Jó — de uma hora para outra —, o pai perdera tudo. A leitura sistemática daquela peça teatral bíblica deixou ainda mais a marca nítida de suas mãos suadas, claudicantes, na capa e na quarta capa da História Sagrada. Contudo não aguentava mais. Aquelas mesmas mãos fariam o ato derradeiro.

"Amaldiçoa a Deus e morre."

(O pai se dirigiu ao banheiro e quebrou outra vez a lâmina da gilete envolta no papel sedoso. Ouviu-se um barulho oclusivo. Uma das lâminas serviu para armar a navalha. Ele esticou o pescoço e a pele do pescoço. A lâmina veio na horizontal em direção à jugular. Desta vez, ele não a inclinou em diagonal. Lâmina contra pescoço. A lâmina começou a talhar o risco. A pressão dos dedos aumentou e o filamento começou a besuntar de vermelho pescoço, navalha, mãos. Um lábio fino se abriu para beijar o desconhecido.)

"Morrendo o varão vigoroso, pode ele viver novamente?"

Alguém abraça sua perna. É seu filho. O menino, eu, está olhando, choroso, para o pai quase suicida. Seus bracinhos preênseis mais do que nunca seguram com força as pernas paternas. O pai olha para baixo em direção ao filho. Ficamos muito tempo nos olhando e mudos, rendidos. O odor residual do sangue fica no ar. A mão do pai, então, segura o ímpeto da navalha. Mas não segura o ímpeto das glândulas lacrimais. Nós dois choramos juntos naquele insólito e desigual abraço — o narrador esportivo de voz ranheta errara sobre mim, não sabia de nada: já chorei, sim, chorei muito. E o choro foi minha única herança garantida.

"Todos são iguais perante a lei, (...)
ninguém será obrigado a fazer ou deixar de fazer
alguma coisa senão em virtude de lei"
(Art. 5º, Constituição da República Federativa do Brasil)

1

(...) seus braços estão novamente paralelos, ao lado do corpo, e a braçadeira de capitão está fixada no lugar dela, envolvendo o bíceps do braço esquerdo, não há nenhum sinal de frouxidão, tampouco há frouxidão em você; pelo contrário, nunca na vida esteve tão seguro, tão certo de uma decisão, tão consciente dos desdobramentos (...) a pantomima do jogador que vai ao pênalti está perfeita: caminhando em linha reta, queixo erguido, passos firmes e cadenciados, você nem mexe a cabeça (...) mas, poucos percebem, você mexe o olhar e observa a torcida nesta noite russa (no brasil, ainda é de tarde); metade dos russos está ao seu lado, a outra metade é adversária; o percentual de adversários deveria ser maior, afinal no último encontro entre as duas equipes em copa do mundo ocorreu contra seu time o maior vexame da história do futebol mundial: os inesquecíveis 7 a 1 (você sempre chamou de "lavada"); quatro anos apenas se passaram, as feridas estão ainda muito frescas, nos torcedores brasileiros é óbvio — entre os atletas a percepção é sempre bem diferente —, mas aqueles russos não se sentem à vontade em torcer por alemães, as feridas da segunda grande guerra ainda estão abertas, apesar dos mais de setenta anos transcorridos: só em stalingrado mais de dois milhões de mortos de ambos os lados; os alemães também não recebem de bom-tom a torcida dos russos, perder uma guerra — inviabilizar um *reich* de mil anos — por causa do frio é uma ferida inconfessável; se o inverno tivesse sido outro, o mundo seria outro (...) e de feridas em feridas vai vivendo a humanidade, todos preocupados em pensar as suas próprias e cutucar as alheias; ironicamente, e isso é um trunfo seu, ninguém conhece as feridas deste capitão brasileiro, nem os magotes teutos e eslavos que ocupam estes assentos numerados do estádio lujniki, em moscou, na rússia; nem os que ocupam suas poltronas ao redor do mundo à frente de tvs; nem aqueles que se aventuram em praças públicas e fifa fan fests; entre todos os que verão você cobrar este pênalti tão importante, somente você mesmo as conhece, e suas feridas também estão frescas, seu sangue ainda não secou, sua guerra particular ainda subjaz por baixo deste verniz de fleuma ostentado; há um inverno inclemente e assassino dentro de você; um inverno inteiro dentro do coração deste homem feito de trinta anos de idade que atravessa este gramado de borracha sob os olhos de torcedores ignorantes (...) daqui a alguns minutos o que pensarão estas pessoas de você: herói ou vilão? (...) contudo, isso não lhe interessa; depois de tantos anos de bordoadas, tantos canalhas, tantas usurpações, tantas vulnerabilidades, é você quem tem o poder; não é mais uma vítima indefesa do estado, do leviatã, deixou de ser um títere dos acontecimentos históricos e das birras políticas, dos desmandos e fissuras dos poderosos, agora você é um poderoso também, e — o melhor — sabe disso, goza do prazer que disso emana, e sabe o que fazer, e fará (...) você pensa: torcida é a pior posição em todo o universo futebolístico; poucos sabem: ali, nas quatro linhas, a tensão é bem menor, o peso não é tão paralisante, a carga dramática quase inexiste depois do hino nacional e dos primeiros movimentos; ali, você pode construir o seu mundo, o seu destino, é tudo sua responsabilidade (você sempre disse "segue o jogo") — se toninho cerezo não tivesse errado o passe na intermediária defensiva, a seleção de 1982 seria campeã; se mauro silva tivesse colocado um pouco mais de força, em 1994, pagliuca teria engolido aquele frango; se david beckham não tivesse amarelado na dividida com roberto carlos, não haveria o gol de rivaldo contra a inglaterra, não haveria o pentacampeonato; ali, no gramado, você pode fazer a massa feliz ou não; milhões de pessoas maleáveis à sua ação, aos seus caprichos, ao seu poder: e logo, logo, você poderá ser um líder, não o líder da equipe apenas — como já o é —, mas o líder da instituição inteira, talvez até do país, tão carente de comandantes, carismas, proficiências (...) acima de tudo, é líder do seu destino: e isso basta (...) você caminha resoluto em direção à meta, apenas à sua meta

2

"Sou um caminhão de 7 mil toneladas descendo uma ladeira sem freio", essa frase seria icônica para representar a força das denúncias do caçula, irmão do presidente da República, que, em última instância, foram as responsáveis por tirar do poder — ainda naquele ano — seu irmão mais velho. O personagem nasceu coadjuvante já nos primeiros dias do presidente em Brasília. O caçula e sua linda mulher morena, vindos de Alagoas, flanavam pelos bastidores do poder central emanando — como o todo-poderoso irmão mais velho — juventude e ousadia. Além de beleza. Flertavam com autoridades, empresários e políticos num jogo de mostra-esconde típico daqueles que chegam ao poder. Mas que nunca veio a interessar ao grande público dado o caráter caquético e esteticamente desprivilegiado da maioria dos deputados, senadores, juízes e presidentes até então. Contudo, com a chegada daqueles jovens casais nordestinos, uma lufada de, se não luxúria, pelo menos *sex appeal* arejou o Planalto Central. Aquela lua de mel entre os irmãos teria dias contados. O caçula quer criar um jornal vespertino, o mais velho diz que não: ele próprio tem planos para um novo jornal nas Alagoas; o caçula quer abrir duas rádios FM, o mais velho diz que não: proporciona doze FMs para o suposto concorrente; o caçula paga um salário aos funcionários, o concorrente oferece o triplo, leva os melhores quadros: o mais velho não faz nada. Bem antes, cinco anos antes: o caçula brigara com a esposa, a morena, e viajara para o Canadá. O irmão mais velho, então governador do estado, convidou a cunhada para uma conversa a sós no palácio do governo. Houve fofocas. E o caçula foi informado da visita e dos posteriores e insistentes telefonemas do governador para a cunhada, mesmo ela já estando em Paris. O caçula tinha guardadas as contas telefônicas com esses registros. Então, no dia 24 de maio de 1992, um domingo, a revista *Veja* trazia a entrevista do caçula na qual este afirmava taxativamente: "O [tesoureiro] é o testa de ferro." As denúncias viriam a preencher uma vontade generalizada entre o povo de atacar o presidente da República, já bastante impopular àquela altura do seu mandato. Numa série de entrevistas a partir dali, o caçula pintou o retrato do irmão presidente com cores fortes, fortíssimas: drogado, homossexual, macumbeiro, incompetente e corrupto. Aquilo mexeu com o clã alagoano e, dentro do mais simplório escopo dos romances policiais, houve reuniões secretas em hotéis de luxo — no caso o Caesar Park, em São Paulo. ("O 'QG' dos aflitos", diria mais tarde o próprio caçula.) Como se não bastasse, ainda houve a carta mal escrita da mãe deles: "O abundante noticiário divulgado pela mídia brasileira durante estas duas últimas semanas, focalizando o atrito entre dois empresários alagoanos, extravasou os limites regionais. Diante disso, vencendo mandamentos pessoais de recato e discrição, venho declarar que meu filho..." Pareceu mesmo, em dado momento, que tudo resultaria em nada: era só o caçula, doidinho, enciumado, fazendo bravata. O jornalista cujo bordão — "Isto é uma vergonha!" — já ganhara todo o país sentenciou: "Continuam obscuras as razões que movem o irmão do presidente. É claro que toda essa história respinga politicamente [nele] e está claro (...) [o caçula] quer atingir o irmão. Ele foi destituído do comando das empresas da família, porque a família reprova sua atitude e alega enfim um estado emocional exacerbado (...). É uma briga de família, uma luta comercial provinciana cuja fumaça atinge o ventilador da República." Era ainda mais provinciana, baixa, amundiçada. As relações entre os irmãos e irmãs, seus cunhados e cunhadas, seus concunhados e concunhadas, eram dificílimas — o são até hoje — de serem catalogadas. Mas há indicativos de como funcionava aquela dinâmica político-amorosa. Nas palavras da esposa do presidente à época, a galega, sobre a mulher do caçula, a morena: "Os dois tiveram algo antes do meu casamento. Também não duvido que tenha sido por [ela], por essa obsessão que ela tinha pelo cunhado, que [o caçula] resolveu destruir o próprio irmão [presidente]."

3

O caminhão de 13 toneladas — considerando apenas o cavalo — estacionou na entrada da casa. Era um Mercedes--Benz 1313 de cabine preta. Minha mãe desceu do veículo.

Tinha um olho roxo, e a cabeça baixa. Ficou parada, enfadada.

O caminhão atrás dela se movimentou e foi embora. Deixou-a com uma trouxa de roupas e sem a vergonha na cara. Queria voltar para o marido.

Pôs a trouxa no chão e bateu palmas. Miçangas balançaram no pulso e no antebraço.

Pai saiu à calçada e viu o caminhão dobrar a esquina com aquela colisão estridente em "S": a frenagem dos grandes veículos.

Minha mãe ergueu a cabeça e viu — talvez a primeira coisa a ver neste regresso — a toalha branca que circundava o pescoço de pai. E, embora não notasse, por baixo da toalha havia latejante o corte que a navalha causara na tosca tentativa de suicídio.

Meu filho, tu não podes fazer isso — minha avó disse essas palavras ao ver a cena e supor um futuro. Inconscientemente, a velha repetia a fala da mãe do presidente da República.

Mas ele podia fazer o que quisesse.

Mandou que a mulher, sua mulher, entrasse.

Farrapei, eu sei... fui uma aloprada, ela disse. Disse, também, do erro que fora ficar com o caminhoneiro, do quanto fora estúpida ao recebê-lo na casa dela, de tê-lo feito marido, de ter passado para ele a posse da casa, de ter entregado o salário de professora em quase sua totalidade para que ele o administrasse durante esse tempo, de ter aceitado uma outra mulher entre eles, dos tabefes que vinha recebendo, dos empurrões e escarros. Essa bagaceira toda.

Minha mãe falou do arrependimento a que todos nós temos direito. Apelou à bondade de pai.

Está na História Sagrada, chegou mesmo a dizer. Confessou que estava disposta a recomeçar e que não se preocupasse, tinha parado de fuleiragem, pois havia aprendido a lição. Poderiam voltar a ser um casal, poderiam fazer as pazes, viver juntos. E juntos criar o filho, já um rapazinho de quatro anos.

E continuou dizendo algo que estava na moda naquele país, naqueles tempos: havia um "estado de emoção alterado" — e, por isso, tomou decisões arbitrárias, egoístas e erradas. Irreconhecíveis, ela também usou essa palavra.

Sempre havia a hora de voltar atrás e de se consertar, de valorizar o que realmente era importante. Ela esboçou um abraço. Hora de, afinal, nos tornarmos "carne da mesma carne e sangue do mesmo sangue". Não é assim que está nas Escrituras?

Pai a corrigiu: não é sangue, é osso. "Ossos dos meus ossos, carne da minha carne, por isso será chamada mulher."

Sim, sou sua mulher.

Meu filho, tu não podes fazer isso, minha avó repete. Mas ele podia. Podia fazer o que quisesse. O homem que perdera tudo: a mulher, o casamento, a família, o emprego, a dignidade, iria perder, por fim, a moral... E aceitar a adúltera de volta? E mostrar todo o lastro de sua mansuetude?

Ficaria com a borra de amor-próprio que estava no fundo da xícara da vida? Não se sabe por que pai lembrou nesta hora dessa poesia tão ruim. Talvez porque ruim fosse a ação que tomaria a seguir.

E, ainda lembro, minha avó gritando — com outra entonação — e tentando conter meu pai e segurar seus braços e pernas e os tantos murros e as tantas pesadas e as ancas chutadas num enfezamento incontrolável, um corpo sólido virando gelatinoso, a golfada verde no tapete: Meu filho! Tu não podes fazer isso!

Pai não foi obrigado a fazer. Mas podia fazer — e fez.

"Todos são iguais perante a lei, (...)
é livre a locomoção no território nacional
em tempo de paz"
(Art. 5º, Constituição da República Federativa do Brasil)

1

(...) os cravos rosqueáveis da chuteira esquerda pisam, afinal, a linha curva e branca da meia-lua: última fronteira antes de alcançar a grande área (...) você sabe que são raros os atletas profissionais de futebol que sabem o significado da meia-lua, o porquê dela; alguns até mesmo acham que se ali forem derrubados pelos adversários no tempo regulamentar será marcado um pênalti para sua equipe; também são poucos os que entendem a razão de ser do círculo central onde se iniciam as partidas, círculo de onde você saiu há alguns poucos segundos; poucos, porém intermináveis (...) mas esse não é o seu caso, você é um jogador diferenciado: conhece todas as marcações de um campo de futebol, seu ambiente de trabalho; sabe de suas histórias-origens, conhece seus sortilégios-mandingas (...) estudou, a fundo, as dezessete regras do futebol e já admoestou juízes preguiçosos, em plena partida, sobre marcações incoerentes da parte destes e que infringiam as definições recentes da international board (...) quando a penalidade vai ser cobrada, todos os jogadores, exceto o batedor, devem guardar em relação à bola a distância regular equivalente a um raio de 9,15 m (você sempre preferiu medir com onze passos) (...) esse círculo deve ser respeitado, porém as marcações das linhas perpendiculares e paralelas da grande área e da pequena se sobrepõem sobre este raio imaginário quase o cobrindo completamente; exceto no espaço fora da grande área, espaço que ficaria conhecido como meia-lua: enfim, é uma metáfora imagética pouco criativa (...) claro que alguns goleiros durante a partida, ao sair do gol para interceptar um contra-ataque, usam a meia-lua como referência para a meta que ficou às suas costas, fechando assim os ângulos; jogadores que gostam de chutar de média e de longa distância, driblando, geralmente de modo cabisbaixo, têm uma noção melhor do gol (você sempre disse "barra") à sua frente graças àquela marcação; bandeirinhas espertos usam-na como auxílio para perceber impedimentos (...) os cravos rosqueáveis da chuteira esquerda pisam a meia-lua e você percebe que é como ela, como aquela misteriosa marcação: as pessoas nunca o entenderão em definitivo, pois veem apenas uma parte sua; as linhas perpendiculares e as linhas paralelas da vida passaram por cima de você, cobriram-no e esconderam-no quase por completo (...) o que torcedores veem e festejam agora — o futuro capitão do hexacampeonato, atleta-modelo — é apenas um pedaço seu, e nem é o maior — um dia o descobrirão de fato?, descobrirão sua parte oculta, sua índole escondida, sua vontade esconsa, sua cobrança? (...) você chegou à grande área

2

O presidente da República falava assim aos 20 de setembro de 1992, era novamente um domingo e todas as redes de TV transmitiam, obrigadas que eram a isso, o pronunciamento: "Fiz e continuarei fazendo tudo para acertar, mas nem sempre se acerta em tudo. E é claro cometi erros, afinal quem não os comete. Errei por não ter imaginado o efeito das tentações que movem os aproveitadores. Errei por confiar demais em pessoas que mostraram posteriormente não serem merecedoras desta confiança. Mas o que posso lhes afirmar é que minha consciência em nenhum momento aponta dolo ou má-fé nos erros que cometi." O discurso foi bonito como era hábito do presidente, exímio orador. Alguns chegaram a classificar a fala como emocionante. Era, porém, daqueles momentos em que palavras se tornam inutilidades, estavam vazias de semântica, talvez ele próprio já o soubesse, pois, em alguns trechos da fala, mexera o corpo quase em convulsão, querendo transferir vida àquelas palavras defuntas. Nove dias depois, o *impeachment* passaria com facilidade pela Câmara dos Deputados. O presidente se sentia sozinho, abandonado, lembrava-se do clichê cunhado por ele mesmo: "Não me deixem só!" Contudo, estava ilhado. A premonição, cumprida. Ficou no gabinete, à noite. Não quis nem a companhia da mulher nem de assessores. A luz acesa incidia obliquamente sobre o tampo da mesa. O silêncio era quase absoluto, exceto pelo rumor vindo do Congresso Nacional, onde se votava o afastamento. E ele ali, esperando. Sentindo calar fundo cada um dos votos a favor da autorização para que o Senado abrisse o processo de *impeachment*. Finalmente, o 336º voto a favor: "Senhor presidente [da Câmara], pela ética, mas, em nome desta Casa e do povo brasileiro, saibamos ser coerentes, meu voto, pela dignidade, por aquilo que Minas Gerais representa, é sim!" Houve um pipocar de gritos e vivas e manifestações de alegria: carros passando e buzinando como se fosse uma festa, um grande acontecimento. O Hino da Independência foi puxado por alguém e cantarolado por todos. As galerias do Congresso Nacional estavam em comoção. As principais capitais do país, em fuzarca, agitavam bandeiras. Foi isso, perdera. Então, dias depois, chegou-se a mais uma cena dramática: o momento do afastamento, que duraria três meses. Eram 10h18, 2 de outubro, 1992. O presidente assina e se retira do gabinete. Um turbilhão de coisas, um turbilhão de vontades, de planos, de ações e reações, um momento muito tumultuado e confuso. Seu governo poderia ter sido diverso, algo a ser guardado para a História no relicário dos heróis, mas gorou afundado em seu próprio solipsismo. Não quisera fazer discurso para não cometer o mesmo erro de antes, acreditava ainda que pudesse regressar, que não seria afastado em definitivo, que o julgamento no Senado ganharia outros ares. Estava errado. Não voltaria à Presidência da República. A História passaria por ele com sua indiferença deixando marcas vergadas nas memórias e nas peles. O final foi um bilhete escrito de punho próprio. Em papel com timbre particular, assim foi vazado o requerimento: "Excelentíssimo senhor presidente do Congresso Nacional, levo ao conhecimento de Vossa Excelência que, nesta data e por este instrumento, renuncio ao mandato de Presidente da República, para o qual fui eleito nos pleitos de 15 de novembro e 17 dezembro de 1989. Brasília, 29 de dezembro de 1992."

3

Pai cometeu os mesmos erros que o presidente e disso falaria por anos a fio.

Não tinha mensurado o poder e o efeito das tentações sobre sua mulher e havia depositado nela confiança em demasia.

Confiara, acreditando que o amor dispensado a ela seria suficiente para estabelecer entre eles laços afetivos que resistiriam à força de desejos inconfessáveis.

Não o fora.

A tara pelo caminhoneiro quebrara qualquer espécie de empatia que havia entre o casal. E se ela voltara a procurar pai era apenas por um sentimento safado de posse e manipulação, resgate doentio e egoísta do amor-próprio esfacelado.

Em pai havia, porém, o dolo.

E sua consciência sabia disso. Agiu de modo equivocado, e aquele excesso de voluntarismo cobraria seu preço. Ter feito aquilo com a mulher na sala da casa da mãe — o filho pequeno no quarto ao lado, o corpo pressionando a porta contra o batente, as mãos segurando firmes os alizares, os ouvidos escutando tudo e tremendo de medo por causa dos urros do pai e dos baques da mãe — foi um erro imenso.

Mas todos erramos.

Os três meses seguintes transcorreriam cheios de atividades, depoimentos, investigações. Parecia que o cerco se fechava contra pai. A história forjada por ele de que o caminhoneiro já abandonara a mulher naquele estado começava a ruir. Minha avó se contradisse inúmeras vezes ao falar com o delegado em depoimento — afinal, somente com o filho lerdo a velha se mostrava arrogante. A urdidura da inocência estava ameaçando se desfiar.

(Em Brasília, o presidente não teve chance, optou pela renúncia. Saiu à francesa, conforme o ditado do tempo. O que o aguardava no futuro político: uma segunda chance?)

Pai não acreditava em segundas chances. Nem em primeiras. No dia 29 de dezembro de 1992 saímos, às escondidas, da casa de minha avó.

A lingueta sendo movida do nicho e a porta saindo de seu umbral não fizeram o mínimo ruído. Fugir para não ser cassado: o político. Fugir e ser caçado: o pai.

Numa mochila, ele levava algumas roupas minhas. Um lençol laranja. Um pacote de bolacha. Um litro de refrigerante. A Bíblia.

Acoitado pelo lençol laranja, dormi no chão da rodoviária. O piso era formado por granitados cinza de um metro quadrado. O frio daquele chão atravessava os tecidos. Engelhava meu couro. Capturava meus ossos. Me fazia tiritar o espinhaço.

E coçava — e a coceira se espalhava em brotoejas, e eu arranhava minha pele gerando sequências de estrias vermelhas por onde minhas unhas trafegavam. O varal de ossos que se projetava de minha coluna cervical se recolhia de tanto frio.

É deprimente rodoviária à noite.

Há pessoas emperradas e perdidas. Bêbados e quengas. Sempre seres rudimentares. Atendentes tristes por trás de guichês de vidros embaçados de sujeira.

Pai não dormiu. Ficou velando o filho na comprida e feia madrugada, esperando a chegada do ônibus. Sua fuga, nossa fuga.

Na parede da rodoviária, dentro de uma pequena jaula de ferro chumbada — para protegê-la de ladrões — havia uma TV.

Depois de um jogo de futebol, no jornal da meia-noite, o futuro do Brasil — agora, sem o Caçador de Marajás, um país ainda mais desmantelado — era delineado pelos jornalistas políticos, analistas sociais, homens inteligentes. Realidade muito aquém da expectativa do meu pai.

Dizia o *slogan* na camiseta do presidente-atleta:

O QUE SE PLANTA COM O CORAÇÃO
O TEMPO NÃO DESTRÓI

Foi a última frase que pai leu antes da retransmissora sair do ar. E a TV ficar com a tela tomada por um arco-íris mecânico e vertical cheio de cores desbotadas.

Pai e eu ainda éramos livres e tínhamos todo o território nacional pela frente. Era época de paz.)

"Todos são iguais perante a lei, (...)
é inviolável a liberdade de consciência e de crença"
(Art. 5º, Constituição da República Federativa do Brasil)

1

(...) as áreas (grande-pequena) (...) você cruzou metade do campo para chegar até aqui: o futebol, esse esporte macabro, cruzou metade da história humana para chegar até aqui (...) o *epyskiros* grego, citado por homero, o grande poeta, no *sphairomachia*: onze jogadores (um pouco mais ou um pouco menos, varia de acordo com cada registro) num campo retangular correndo e chutando siderados uma bola arredia, empurrando-a com os pés descalços sobre a terra batida para passá-la entre balizas trêmulas postas na linha de fundo; profetizando traições-epopeias, guerras-covardias (...) no *harpastum* (literalmente: lágrima), versão latina e arcaica do esporte, chutava-se a bola durante quase duas horas, num exercício de fundo militar; cícero, o grande orador, conta um incidente: atleta lança bola com tanta força que ela ultrapassa limites do campo e invade barbearia onde barbeiro com navalha faz barba de cliente, bola atinge seu braço e navalha corta pescoço de cliente (...) na frança medieval, a criação do *soule* dava ainda mais vigor ao já violento jogo introduzido pelos ancestrais latinos; barulhento-violento, chegou a ser proibido com pena de prisão para quem desacatasse a ordem; o nome remete ao sol e a seus ritos pagãos, mas não para por aí a associação religiosa: o *soule*, vale-tudo com a bola, animava as procissões católicas; e uma de suas modalidades — a caçada recíproca — consistia em invadir uma vila vizinha e deixar a bola dentro do campanário da igreja local: mais do que um gol, um rito de fertilidade pouco disfarçado (...) na itália, nascerá o *calcio* — jogo de bola praticado no quadrilátero da praça pública —, como até hoje é chamado o futebol italiano; de florença, o chutar a bola ganharia dimensões imensas e se espalharia por todo o país (...) o *tlachtli* dos mesoamericanos, ritual esportivo-religioso: perdedores eram sacrificados tendo cabeças decapitadas e corações arrancados em altares-planaltos no topo de pirâmides: "pedir a cabeça do jogador" após uma derrota, expressão comum até hoje; "dar o coração pelo time" um dia não fora metáfora (...) no brasil, há a crônica-lenda: excluindo-se os jogos praticados apenas por ingleses, o primeiro jogo realmente brasileiro ocorre depois que uma bola de capotão, das usadas pelos ingleses, é alçada para muito longe num chute muito alto (você sempre chamou de "coqueiro"), um dos torcedores — ainda não há gandulas nessa época — corre para pegar a bola e devolvê-la aos ingleses e assim a partida continuaria; naquele jogo em específico, aquele torcedor resolveu fazer diferente: roubou a bola; os outros torcedores, temendo pelo fim do jogo, o perseguiram; houve correria; no leito seco de um rio, o torcedor-ladrão e a torcida-polícia se encontram; pedem a bola de volta; o ladrão indaga: e por que, com a bola roubada, não fazemos a primeira partida entre nós, brasileiros?, nascia nosso futebol (você sempre chamou de "racha") (...) e há você de volta àquela maldita rodoviária; foi lá o primeiro jogo a que assistiu na vida: seu pai vela por você, a tv está num gradil na parede, o piso é o granitado, faz muito frio, o frio ultrapassa o lençol laranja e entra em seus ossos *et cetera*; através da brecha no tecido, você vê, pela primeira vez tendo consciência daquilo, o movimento dos jogadores atrás de uma bola no gramado retangular (...) toda essa *memorabilia* está então a seus pés; o mundo do futebol: esse misto de religiosidade e de violência, expiação-sacrifício, espera seu gesto; a dimensão antropológica de sua cobrança é gigante; e você, que é um jogador diferenciado, sabe disso, do quanto de sacralidade e poder há em seu futuro chute (dor e/ou êxtase) (...) o juiz da partida se aproxima; entrega em suas mãos a bola do jogo: em suas mãos, a copa do mundo, e o mundo

2

De vestido branco rendado e de sapatos pretos com um salto exagerado à ocasião, a mulher loira, platinada, usa maquiagem pesada. A forçosa marcação de rímel nos cílios ao redor dos olhos dá a ela caráter de máscara. Sua boca, ornada por marcante batom vermelho, tem alguns dentes artificiais, cavalares. Seu rosto vincado apenas lembra, vagamente, o rosto de boneca que décadas antes foi talvez a face feminina mais retratada no Brasil: nossa ex-primeira-dama. Fala truísmos enfadonhos a todos os brasileiros há mais de vinte anos. Parece ainda tão insegura e tão ingênua, simplória até — como era insegura, ingênua e simplória a debutante do interior (a cidade era Canapi, Alagoas) que se apaixonou pelo político ascendente nas terras dos marechais nos anos idos de 1980. Até que o entrevistador, finalmente, toca no assunto espiritual, esotérico. Questiona sobre os rituais de magia negra que ocorriam em sua casa no tempo em que ela e o ex-marido foram o casal mais famoso da República. Então, ganha em segurança, sua fala fica fluente e ligeira, como quem tem conhecimento de causa, razão. O discurso que antes vinha do esôfago agora vem de mais profundo, o diafragma está sendo utilizado para que cada frase tenha a moderação adequada. Cita, então, a mãe de santo que fizera do ex-marido o govenador do estado. Narra o primeiro encontro entre elas em um comício na Terra do Fumo, Arapiraca. Fala dos primeiros trabalhos da babalorixá, do sucesso na campanha alagoana. E explica a corrida presidencial de 1989: o dono da segunda rede de TV mais famosa do país esboça sair candidato à Presidência; dominando a audiência da massa em quase sua totalidade aos domingos, o apresentador é um dos nomes mais famosos do país, facilmente reconhecido em qualquer cidade brasileira — "do Oiapoque ao Chuí", segundo certo periódico. É, automaticamente, na pulverização de candidatos, o favorito ao Palácio do Planalto. O Caçador de Marajás tinha naquele momento apenas 1% das intenções de voto. Mas búfalos, bodes, macacos, preás e saguis sacrificados são suficientes e brecam a candidatura perigosa do empresário televisivo. Depois da desistência do ídolo dominical, o caminho fica escancarado para que o alagoano entre de vez em campanha e ganhe pleitos — como gostava de dizer. A primeira eleição para o mandatário maior da nação, depois de vinte e um anos de regime militar, que deveria ser decidida pelo povo, não o foi. Segundo a ex-primeira-dama, fora o plano espiritual quem dera o veredicto. E termina dizendo, ainda, que o plano espiritual conspirou com mortes esdrúxulas. Levou o Pai da Constituição, o Caçula, o Tesoureiro, a Mulher do Tesoureiro... mas a ex-primeira-dama foi poupada — "em nome de Jesus" — para contar a história. "O presidente é culpado ou inocente?", quer saber o entrevistador. "A justiça diz que ele é inocente", responde a ex-primeira-dama.

3

Do meio de minhas poucas roupas, dentro da mochila de onde fora tirado o lençol laranja que me cobria no chão granitado da rodoviária, pai sacou sua velha Bíblia João Ferreira de Almeida.

A marca de sua mão esquerda estava na capa do livro e em sua lombada.

Assim como, dentro dele, aquelas palavras sagradas também deixaram marcas indeléveis, numa simbiose cognitiva, semântica e física.

O sagrado — o refúgio no sagrado —, quase todos recorrem a ele.

Pai abriu a Bíblia no seu salmo favorito. Curvado para ler, suas costas formavam uma corcova ou carapaça. Era o Salmo 88: "Ó Senhor, Deus da minha salvação, dia e noite clamo diante de ti. Chegue à tua presença a minha oração, inclina os teus ouvidos ao meu clamor; porque a minha alma está cheia de angústias, e a minha vida se aproxima da sepultura. Já estou contado com os que descem à cova; estou como homem sem forças."

Esse salmo correspondia exatamente ao meio do livro divino.

Pai segurou uma daquelas páginas — folha frágil de papel quase transparente — tão cheia de ressonâncias. Palavras e símbolos vindos de Deus para aquele homem simples — palavras que o extrapolavam e símbolos que o explicavam.

Mas era uma semiótica que também o confundia. Sua fé despencava.

Com indiferença (como a vida fez com ele), seus dedos rasgaram a página. Suas mãos não tinham mais a dignidade e a pureza para segurar as palavras santas. Já fazia três meses, mas ainda via os nós dos dedos roídos, a pele inelástica, seu pus e seus gusanos: tudo manchado da violência praticada contra sua mulher, sua esposa.

Então, rasgou outra página bíblica e a jogou no cesto de lixo ao lado das cadeiras de plástico. E assim continuou rasgando, vandalizando o livro sacro. À esquerda e à direita. De um lado e do outro. Como se rasgasse a si. Como rasgaram a ele.

Cântico por cântico, salmo por salmo, o perdão, a culpa e a loucura: transformados em esferas de celulose e jogados no lixo.

Foram embora os Provérbios e o Livro de Jó — o homem que, há 4 mil anos, aguentou tudo o que precisava aguentar (pai não aguentou) — e fora o Eclesiastes ("pois tudo era vaidade!") e foram as genealogias e os profetas, os maiores e os menores, e foram embora os Evangelhos e quase todo o Pentateuco e foram embora as epístolas e o Apocalipse, que quer dizer revelação.

Era isso que ele estava tendo: a revelação. Queria a liberdade de sua consciência e de suas crenças.

Rasgou o Gênesis. Ficou como a Terra no princípio dos tempos: sem forma e vazio.

"Todos são iguais perante a lei, (...)
ninguém poderá ser compelido a associar-se"
(Art. 5º, Constituição da República Federativa do Brasil)

1

(...) você recebe a bola do jogo das mãos do juiz (...) faz o objeto dar uma órbita em si mesmo e procura o que chamam de válvula (mas você sempre chamou de "pito") (...) aperta a bola com as duas mãos, sente a pressão do ar comprimido e, lentamente, se agacha e a coloca na circunferência branca pintada na grama sintética verde, exatamente no centro da esfera; o pito fica voltado para a cara do goleiro alemão (...) nesta posição, você está quase prostrado e o objeto quase sagrado está em suas mãos; não há dúvida: parece um fiel qualquer oferecendo um sacrifício em altar para um deus qualquer (...) mais uma vez entende a ressonância deste jogo: há quem diga que os esportes e a própria existência humana podem ser divididos em relação ao domínio da bola; correr, corria-se dos predadores ou, sendo predador, em busca das presas; pular, pulava-se de penhasco a penhasco, de árvore em árvore, de pedra em pedra; nadar, nadava-se em busca de peixes e jabutis, em fugas de crocodilos e cobras; atirar, atiravam-se lascas e dardos contra alvos móveis e semoventes; e daí surgiram esportes que questionam e normatizam a rapidez, a força, a mira e a elasticidade: avulsas ou em grupo; mas a bola, não: é o brinquedo, é a arte, é o lúdico, é o inesperado (...) põe no esporte o elemento do imponderável, do místico, do sobrenatural: o drible de pelé em mazurkiewicz no inesquecível brasil × uruguai na semifinal de 1970; o olé: sem tocar na bola, que fez a trajetória faceira sem ser incomodada; depois um único toque do rei, já com o corpo desequilibrado, em direção ao gol; e aqueles milésimos em que acompanhamos, esperando um dos maiores gols da história das copas; e assim o foi: mesmo sem se concretizar em tento (...) por isso, os gregos faziam a bola com bexigas de boi: na acrópole, os quatro bois sacrificados nas panateneias — festas em homenagem a atena, deusa da sabedoria e das artes — tinham suas bexigas reservadas para esse propósito específico (...) de novo o *soule* francês: naqueles campos frios e encharcados da normandia e da bretanha, o sol, símbolo de vida e de resistência, era homenageado com o ritual esportivo: quase sempre a bola era dourada para deixar clara a simbologia; mais tarde, a igreja católica mitigaria as referências pagãs e adotaria para si o esporte, praticado sobretudo nos santos padroeiros, no natal, na páscoa, nos casamentos, nos batizados; via de regra, o *soule* começava com a liturgia da missa enquanto membros das duas paróquias rivais esperavam *tête-à-tête* pelo começo da disputa (...) na concepção dos mesoamericanos, a bola tinha que ser feita de látex, porque a seiva das seringueiras era vista como o sangue das árvores, o que explicava, naquele panteísmo típico dos nativos, uma verdade: o sangue do perdedor seria cobrado após a partida jogada com o sangue das árvores (...) então, suas mãos largam a bola na marca do pênalti, você se levanta devagar; experimenta o pé de apoio, o esquerdo, na pequena depressão que já surge no gramado ao lado da bola — são os pisões dos outros nove batedores anteriores a você, sente a breve inconstância do terreno (...) e, a partir dali, conta seis passos para trás; coloca as mãos na cintura; observa o goleiro, olha a bola pela última vez: o óvulo-bola; o mundo-bola (...) você foi óvulo fecundado e enjeitado; desprezado habitante do útero da mãe que não lhe quisera — também o útero, uma bola murcha (...) mas você nasceu, rompeu a indiferença e ganhou o mundo (...) o mundo, não esqueça, é uma bola e está parado para ver sua cobrança (...) com indiferença congênita ou atávica nos olhos — também eles bolas —, você aguarda o apito do juiz; e o goleiro alemão, que sabe ler os olhos dos batedores, enxerga algo inédito e absconso no seu olhar, desconfia: está diante de um homem que não tem nada a perder; um homem perigosíssimo, portanto

2

A loira, ainda não platinada, é uma jovem bonita de cabelos soltos, agitados, embora relativamente curtos. Rosto brega e bonito. Usa salto alto — deve ser um hábito seu, camuflagem pouco sutil para sua baixa estatura —, saia e terninho rosa. Ostenta um colar justo ao pescoço. A joia tem elos dourados e quase retangulares para combinar com o par de brincos — não sabemos se é de ouro, se é banhada a ouro ou somente bijuteria. Ela desce a rampa do Palácio do Planalto com o marido. É a última vez que fazem isso. Estão indo embora. O marido é um homem alto e magro, muito magro. O ano é o de 1992, o mês é dezembro. Foi o pior ano da vida dele, aliás foi o único ano ruim, o único ano em que se revelou a ele como são a derrota, a ojeriza, o desprezo. Nascido em berço de ouro, como se dizia; adolescente rebelde e contestador; adulto que herdara do pai carreira política e *holding* na esfera da comunicação; presidente eleito pelo povo. Mas sua ascensão foi interrompida, caça supersônico abatido. O dínamo parou. As bochechas dele estão marcadamente murchas, há covas visíveis nas laterais do rosto chupado e triste. Há laivos de cabelos brancos por trás do brilho do gel. Eles — o casal — caminham resolutos pela rampa. O poder está ficando às suas costas. O ex-presidente parece perder a força e a empáfia que tanto o caracterizavam. Está fragilizado, estraçalhado. Por um átimo de tempo, baixa a cabeça. Mas a mulher loira segura a mão direita dele com sua mão esquerda e entrelaça os dedos e a aperta com força. É possível, para um observador atento, ver as marcas das polpas de seus dedos contra o dorso da mão do ex-presidente, num acordo tácito de vigor e cumplicidade. Com a outra mão, a direita, ela segura, também com força, o braço dele, repuxando um pouco a manga do paletó na altura do bíceps. Estão em simbiose. Unidos. Poucos naquela comitiva — talvez ninguém — ouviram a mulher loira dizendo: "Levante a cabeça!" O casal segue apressado em direção ao helicóptero que os espera. Sopra um vento generoso e inexplicável em Brasília naqueles primeiros dias de verão. O vento — sempre presente — não mexe o cabelo emplastrado de gel do homem, mas remodela o penteado da mulher. A ambos, o sopro dá mais ímpeto à caminhada dificultosa. "Nós entramos na Presidência de cabeça erguida e nós vamos descer também de cabeça erguida", ela tinha dito. Finalmente chegam ao helicóptero. O ex-presidente, então, se entrega à amargura, ao *spleen*. Sem perceber, sem querer sequer, seus músculos, tão retesados há instantes, afrouxam-se um pouco, a máscara cai. A esposa coloca a cabeça dele no ombro, e ele se inclina e fala com o piloto. Faz o último pedido. Quer que o helicóptero sobrevoe a Casa da Dinda e arredores, onde ele tinha interesses. O piloto, contudo, diz que não irá obedecer-lhe. E ponto final. Ele volta a aninhar a cabeça no ombro da mulher galega. O poder — tão perseguido, a duras penas conquistado, dele foi retirado, debelado — tinha ido embora. O ex-presidente perdera o controle.

3

O ônibus estacionou na plataforma de embarque. E pai se levantou e assoou o nariz — havia chorado.

Segurou firme minha mão, me suspendeu e me levou ainda sonolento ao veículo.

Apanhara do chão granitado o lençol laranja e da cadeira de plástico a mochila com minhas poucas roupas. Me guiou nos quatro degraus altos que nos levavam ao interior do ônibus.

Estávamos indo embora.

De madrugada, eram poucos os passageiros. As fieiras de assentos estavam quase vazias. Mas pai fez questão de obedecermos sem alvoroço às numerações das poltronas contidas nos bilhetes das passagens destacados do talão vermelho.

Não queria furdunço. Não queira ser notado. Queria sair daquela cidade de forma discreta.

Olhou pela janela a estação rodoviária. Pareceu a ele tudo dentro dos conformes.

Na poltrona, pai acionou o mecanismo que declinava o espaldar. Enfim tive algo que vagamente lembrava uma cama.

Colocou a mochila de roupas no piso de alcatifa do ônibus. E o lençol laranja serviu outra vez para me envolver.

Pai deixou apenas o meu rosto descoberto.

Com o filho dormindo novamente ao seu lado, e com o veículo já fazendo as primeiras manobras para deixar a estação, desejou que também houvesse um mecanismo para ser acionado e que declinasse a vida, mudando-a de posição e direcionamento.

Não havia.

Restou apenas imaginar a paisagem lá fora camuflada pelo breu da noite. Galhos sinistros esporando sem freios a escuridão.

Mas eu não estava dormindo, assim como não dormi naquele frio chão granitado. Fingira o sono para não aperrear pai.

Vi quando ele, praguejando baixinho, rasgara o livro sagrado, rasgando também em mim o pendor para o divino. Me deixando como responsável único por minhas ações. Por minhas escolhas. Eu: avalista exclusivo dos meus caminhos.

A capa preta da Bíblia João Ferreira de Almeida, com a marca da mão esquerda de pai tatuada nela, ficou jogada sobre os assentos plásticos do terminal rodoviário daquela insignificante cidade.

As marcas que aqueles anos deixaram em mim, porém, não puderam ser abandonadas e obliteradas tão facilmente.

150

Não ficaram na rodoviária nem ao relento. Se alastraram em mim. Me acompanharam, desde aqueles anos, me moldando, me talhando, me cerzindo.

(Por isso nunca esperei messias, brindes, promessas. Desisti dessa penca de coisas.

E não serei salvador de ninguém, muito menos da pátria.

Farei o que julgo certo.

Não obedecerei.

Não serei compelido.

Não me associarei a ninguém.

Dormirei tranquilo agasalhado pelo lençol de minha consciência.

E ponto final.)

"Todos são iguais perante a lei, (...)
a lei penal não retroagirá"
(Art. 5º, Constituição da República Federativa do Brasil)

1

(...) traves, balizas, postes, metas, goleiras (mas você sempre chamou de "barras") (...) os nomes variam; o objetivo, porém, sempre é o mesmo: atravessar a bola por entre as marcações na linha de fundo (...) você se lembra de tantas parafernálias que lhe serviram como traves: dois tijolos de seis furos, dois tênis, dois chinelos, duas camisetas amontoadas, dois paralelepípedos (...) barras minúsculas feitas de cano pvc conectados por joelhos, curvas e tês; barras feitas de tábuas finas de caixotes de tomate afixadas por tachas enferrujadas, cujas redes eram vermelhos sacos vazios de cebola (...) barras de tamanho oficial, mas de madeiras verdes — eucalipto —, que selavam por causa do sol, fazendo do travessão um arco em declive; barras de ferro vagabundo, pintadas de branco com esmalte sintético, vazadas e cilíndricas, com grampos soldados para a colocação das redes de náilon azul; com o tempo, a brancura ficava ocre porque rasgada e esburacada pela ferrugem (...) barras de alumínio quase totalmente resistentes a qualquer tipo de intempérie com redes de desenhos hexagonais como os de uma colmeia (...) eram as metas que você conheceu ao longo de sua vida-carreira (...) existiram, entretanto, outras: houve tempo em que a meta foi o interior de uma igreja na cidade inimiga: colocar a bola naquele espaço era como fecundar o sagrado, caberia às vilas adversárias evitar ter sua capela estuprada; e, por seu turno, estuprar a capela alheia era obrigação (...) houve tempo, também, em que a meta era atravessar uma argola de pedra afixada verticalmente na parede lateral do campo dos astecas; novamente a analogia sexual não era fortuita: usavam-se as ancas para marcar o gol num simulacro de fornicação para com o adversário passivo (...) você ainda não conhece esse aparato etnográfico, sociológico, histórico; mas sabe o quanto seu chute pode ser fecundo, o quanto pode emprenhar: seu chute pode gerar uma nova onda de respeito pelo futebol brasileiro de tantas tradições e títulos; pode gerar a renovação da honra nacional tão maculada depois do famigerado 7 a 1; pode criar meios de investirem mais seriamente no futebol brasileiro e em toda sua cadeia produtiva: o que envolveria cotas televisivas e mídia em geral; pode dar aos atletas profissionais e aos da base, às comissões técnicas e aos preparadores físicos, aos cartolas e aos médicos, aos empresários e aos patrocinadores contratos e saldos bancários melhores (...) tudo se resume a um chute: este chute (...) mas tudo isso também pode ser abortado: é só errar a meta, chutar para fora, escorregar na hora de fincar o pé de apoio, acertar a trave, bater no centro do gol e o goleiro ficar esperando sem escolher um dos lados, bater no canto que o goleiro adivinhou (...) você partirá para o chute como quem parte para uma ejaculação: raríssimas chances de dar certo; várias possibilidades de nada ser fecundado; talvez um espermatozoide certeiro: um gol (...) liberando você para a cobrança, o juiz apita (...) é a hora do gozo, seu gozo

2

Daquele ângulo privilegiado da Marquês de Sapucaí, no Rio de Janeiro — e somente daquele ângulo e naquele momento —, seria possível flagrar a cena. Pela primeira vez na história, um presidente da República Federativa do Brasil assistia aos desfiles das escolas de samba do Grupo Especial. Era um velho topetudo — literalmente —, vestia camisa azul-turquesa, cinto marrom e calça cáqui. Suas mãos pareciam amarradas por algemas invisíveis, e o rosto estava abobalhado de alegria. Do seu lado direito, uma jovem bonita, morena, alta, cabelos negros escorridos, descendo pelos ombros, mas sem exageros ou atrativos excepcionais. A bailarina-atriz-modelo vestia camiseta branca com motivos carnavalescos. E só. Minutos antes, havia desfilado como a Princesa da Pérsia, na Unidos do Viradouro. O presidente havia visto a morena desfilando — aquelas plumas laranja o sideraram — e disse: "Traga ela aqui. Quero conhecê-la!" Agora, estavam juntos, flertando. Trocaram afagos e confidências. A cada momento de apoteose das escolas de samba que passavam à frente do camarote, a moça levantava a mão esquerda e a camiseta era suspendida; o sexo da morena, revelado. A resolução das fotografias e a depilação dos pelos pubianos — não necessariamente meticulosa, que se fazia nos anos 1990 (isso foi antes das depilações bigode de Hitler, moicana ou *Brazilian* se tornarem cortes populares) — não permitem ver a vagina da mulher em maiores detalhes. Vê-se apenas um borrão mais escuro numa base cor de pele. A fotografia fez a pauta de várias revistas durante algumas semanas. E foi esse escândalo-mirim talvez o único momento de debate acalorado dos dois anos de governo do presidente mineiro. Afora isso, a chamada República do Pão de Queijo — por ter o presidente se acercado de aliados das Minas Gerais, o que dava um tom exótico à sua política — ganhava, às vezes, algumas notas de rodapé em colunas políticas secundárias, mas nada polêmico de fato. Naqueles anos de transição, o topete do presidente pautou as discussões brasileiras. Quebrando as expectativas, o outrora vice fez uma administração discreta e segura, não obstante ter enfrentado em seu primeiro ano de governo a maior inflação de toda a história do Brasil: recolocou o país nos eixos, relançou o Fusca, criou um plano econômico funcional — o Plano Real —, fez um sucessor, entregou a Presidência da República ao seu ministro da Economia. Estava plantado o gérmen de um país robusto, aguerrido. E, com o dragão da inflação controlado, o gigante acordaria. Era o que se supunha. Ninguém lembrava que num determinado dia, 15 de março de 1990, dia já distante em vista da rapidez atrapalhada da vida política brasileira, aqueles dois — presidente e ministro — e o ex-presidente alagoano estiveram juntos no Congresso Nacional ocupando o mesmíssimo sofá *bordeaux* numa pose que hoje se saberia profética. Naquela mesma manhã, o topetudo juraria pela primeira vez (a segunda seria em dezembro de 1992): "Prometo manter, defender e cumprir a Constituição. Observar as leis. Promover o bem geral *do povo brasileiro*. E sustentar a união, a integridade e a independência do Brasil." Naquela posse de março de 1990, houve uma diferença sutil entre o presidente alagoano e o seu vice, o mineiro — embora poucos tenham notado. Quando do Juramento à Constituição, o Caçador de Marajás não citara a expressão "do povo brasileiro" — algo que o mineiro topetudo fizera com clareza. Mesmo com trocas e escândalos, naqueles dois anos, parecia haver uma chance de o país dar certo. (Por fim, depois de um jejum de 24 anos, depois de uma Copa do Mundo das mais insossas, foi o mineiro topetudo quem recebeu os heróis do tetracampeonato no Palácio do Planalto. Parecia mesmo que o país poderia dar certo.)

3

Manhã.

O ônibus para na rodoviária de Maceió, Alagoas, para onde pai havia fugido comigo.

Poderia ter escolhido um destino mais afastado do ponto original do seu crime. O dinheiro exíguo, porém, só nos levara até ali.

O que, ademais, não foi uma escolha fortuita.

Havia um primo — quase irmão, foram criados juntos — que morava fazia anos nos arredores da capital alagoana.

Este primo poderia lhe dar abrigo, pois estava muito bem, trabalhava como garçom (e caseiro) na mansão praiana de um empresário famoso, que tinha sido pivô do afastamento do ex-presidente do Brasil.

Dobrou o lençol, colocou a mochila às costas e o filho no braço. Tudo feito com dificuldade e esforço — pois os nós dos dedos da mão doíam, escalavrados. O pus escorria pelas comissuras, deixando a mão lubrificada de nojeira.

Do terminal rodoviário João Paulo II ao trabalho do primo, eram 10 quilômetros. Iríamos a pé. Mas foi fácil conseguir carona até Guaxuma. Na carroceria da D-20, o vento na cara, as lonas drapejando, a sensação de liberdade.

O acostamento era de extensão mínima, por isso metade da picape ficou dentro da AL-101, enquanto pai descia da traseira agradecendo o favor ao motorista.

Botou o menino no chão, mas sem largar sua mão. Ajeitou os poucos pertences. Sentiu o bafo mecânico e quente do veículo arrancando em direção a Pernambuco, de onde fugíamos.

Chegamos.

Pai olhou para o muro revestido com faces de pedra num mosaico irregular feito por pedreiros pouco detalhistas.

Era essa peculiaridade, junto aos canteiros malcuidados, a garantia de que estávamos no endereço certo.

O muro se inclinava ao se aproximar do portão, afunilando-se. As folhas do portão se dividiam, para a entrada de carros e de pessoas.

Acima de tudo, havia um pórtico retangular com o reboco comido pela metade.

Com dificuldade, pai conseguiu acionar a cigarra, pois ainda segurava minha mão — e os nós dos seus dedos, escalavrados, latejavam, porque as cascas das feridas eram arrancadas sistematicamente e faziam do dorso um conjunto de escarificações.

O primo, quase irmão, se aproximou do portão e encarou o homem portador da criança.

Não reconheceu o parente, tão devastado pai estava, física e moralmente. Contudo, foi um lapso de tempo: o outro reconheceu o primo, quase irmão, e o estranhamento se transformou em alegria.

Abraçaram-se, e o quase sobrinho, eu, ganhou afagos.

Cruzaram o portão e entraram no terreno da casa. Sentaram-se embaixo de um entroncamento de coqueiros — ao todo seis caules — e na sombra contemplaram a casa de veraneio — para eles, uma mansão.

Uma construção branca em dois pisos. No térreo, as portas eram de vidro. A parte da frente, arrodeada por alpendres.

No piso superior, era avarandada. Com portas, janelas e gelosias de madeira. O telhado em duas águas completava o tom despojado e chique da vivência praieira.

Pai mastigava a carnadura do lábio inferior em rictos constantes. Mostrou ao primo os nós dos dedos das mãos, escalavrados — inclusive os frenéticos gusanos se mexendo vindos de trás dos nervos e dos tendões revelados, os bichinhos assomavam e se escondiam diante dos seus olhos.

O primo olhou e disse que não havia nada ali.

Pai mostrou as mãos, escalavradas. Com elas, e só com elas, dera a surra grotesca na mulher adúltera. Embora já houvesse meses, as feridas não cicatrizavam. As cutículas e as polpas sendo roídas por pequenos cretinos organismos gerando quadros tripofóbicos. Mostrou, e mostrou, e mostrou.

O primo entendeu.

E disse que estava vendo a mão medonha. Apontou a purulência lustrosa e vermelha. Viu um dos gusanos se mexer — mesmo sem enxergar nada de excepcional naqueles nós de dedos.

O primo, quase irmão, prometeu ajudar pai.

Sentados sob os coqueiros, ouvindo o som e sentindo a brisa do mar de Guaxuma, os parentes pareciam se entender.

Eu brincava no gramado.

O primo, quase irmão, não questionou nada. Nem a motivação pré-crime nem a fuga pós-crime de pai.

Mulher é bicho bruto mesmo, disse. Dou minha cara a tabefe se elas não escolherem sempre um cabra safado em vez de um homem direito.

Aprendera nos últimos tempos a não questionar e a aceitar toda e qualquer espécie de narrativa. Trabalhando com criminosos bem mais gabaritados do que pai, o primo aprendera a manter a discrição e a deixar que evidências se perdessem.

Daria guarita ao parente e o ajudaria a cuidar da criança, eu.

E ali ficamos.

Sabíamos que era uma época de transição, um arranjo provisório. Não era aquela a vida eleita, era a vida que sobrara.

Deixamos o tempo passar, nos sentindo em segurança e discretos.

Foram vários anos de bem comum, talvez até de alegria.

Pareceu que não retroagiríamos.

Pareceu mesmo que poderíamos dar certo.

"Todos são iguais perante a lei, (...)
ninguém será privado da liberdade
(...) sem o devido processo legal"
(Art. 5º, Constituição da República Federativa do Brasil)

1

(...) o silvo do apito do árbitro (mas você só consegue chamar de "juiz") ressoa pelo estádio silencioso e pelo mundo afora como a chiadeira de rádios antigos (...) foi exatamente um século antes do seu nascimento — em 1888 — que surgiu a figura que hoje nós conhecemos como juiz ou árbitro em sua versão completa e acabada: utilizava o traje preto — esqueça as aberrações heterodoxas criadas pelos departamentos modernos de marketing esportivo — para contrastar com os uniformes gritantes das equipes de então e um apito para arbitrar o jogo, sem o auxílio da fala (...) antes — em 1881 —, a figura de um mediador já existia, mas, sem o apito, era preciso gritar as marcações no momento da infração ou do gol: daí a expressão apitar no grito, que mais tarde se degeneraria para classificar juízes que demonstravam ausência de segurança em suas marcações, árbitros suscetíveis à pressão dos jogadores em campo ou da torcida fora do gramado (você sempre disse "juiz caseiro") (...) contudo, quando o apito foi introduzido, e a necessidade do diálogo sonegada, o último resquício prosaico foi tirado daqueles sujeitos, colocando-os em um outro patamar — o que leva alguém a ser juiz de futebol? até hoje você alimenta essa dúvida: que descompensação psíquica move essas pessoas? (...) a indumentária diferenciada, o silvo como forma de comunicação codificada e superior, as mãos para trás por parte dos jogadores ao dirigir ao juiz a palavra são atestados de uma indisfarçável liturgia; tudo isso, associado ao poder de julgar cada jogada, assemelha muito fortemente o árbitro à figura do sacerdote: é ele liame entre o rés do chão e o imponderável (...) por isso mesmo o árbitro encarna bem a figura de azazel, o animal do dia da expiação, o *caper emissarius*, aquele que era anualmente jogado ao ermo, ao deserto, ao sertão, depois de terem sido transmitidos para si todos os pecados alheios; pecados que ele carregaria como se fossem seus, em suas costas e pelos aspergidos de sangue, enquanto era levado pelo homem-preparado para o banimento, fazendo-se de sacrifício a longo prazo, gerando o termo que atravessaria terras e séculos e chegaria aos gramados de todo o mundo: o bode expiatório (...) ninguém melhor do que o juiz do jogo para ser tachado como o responsável direto pela derrota (...) sendo xingado antes, durante e depois das partidas; culpado de antemão (...) única autoridade no planeta capaz de encerrar uma partida de futebol; definir para quem vai o lateral, discordando de todo um estádio lotado; escolher a seu bel-prazer em qual dos gols ocorrerão as cobranças de pênaltis, mesmo que o gramado esteja vilipendiado pelas arrancadas-brecadas do jogo (...) o juiz pode definir, como nenhum outro sujeito no mundo — não se houve a infração, isso é fácil de ser diagnosticado —, mas se houve a intenção (...) definir intencionalidade: algo que ciência alguma conseguirá alcançar num futuro minimamente próximo, algo que eles fazem a cada instante da partida (...) porém este respaldo — ter um bode expiatório para levar culpas para longe — não será o seu caso: com o jogo no tempo regulamentar e na prorrogação terminado, as manobras do juiz se tornam muito poucas e muito óbvias (no máximo ele pode pedir para voltar um pênalti porque o goleiro se adiantou), ou seja, nem um bode expiatório você possui, se errar a cobrança, para imputar-lhe responsabilidades, a culpa será exclusivamente sua, sua (...) no entanto lhe resta um último trunfo: a intencionalidade (...) por muitos anos adiante, por várias gerações, ninguém jamais saberá — nem mesmo aquele juiz que acabara de soprar o apito, nem mesmo os bilhões que observam você nesta final — sua intenção verdadeira ao chutar esta bola (...) ninguém saberá se houve ou não a intencionalidade

2

(Policial Um: "Arrombamos a janela juntos... Eu vi os corpos da maneira que está aquela foto, que apareceu aquela primeira foto ali. Ela deitada lá do lado dele. A arma entre um corpo e o outro. E ela e o sangue nela. E tal.") É o dia 23, junho, 1996. Cena feia. O cenário: quarto em casa de veraneio, litoral norte de Alagoas. Guaxuma é o nome do lugar. Lá fora, o mar azul-piscina de ondas monótonas. Cá dentro, dois corpos sobre a cama: o forro é prata, também são prata as fronhas dos travesseiros arredondados — decoração questionável, mesmo para aquela época e lugar. Os personagens: (1) A mulher, uma jovem, está, como dizem na região, arreganhada: a perna direita para fora da cama; a outra, dobrada sobre o colchão. A camisola, erguida à altura da virilha; a calcinha, visível. Seus olhos mortos tentam observar a parede às suas costas, onde se vislumbra um quadro sem graça, que se coaduna com o geral da cena. (2)

O homem, um velho, barrigudo-careca, está com metade do corpo sob o lençol — que é cinza, embora encimado por uma borda branca. Esta borda, arqueada sobre seu bucho sobressalente, se torna ainda mais feia. Usa pijama cuja parte de cima, que está visível, é também cinza — compõe à perfeição o cenário chumbo. Braços abertos, como a boca. Os olhos mortos observam sem observar o teto. Sobre cada um dos criados-mudos brancos que ladeiam a cama, há abajures pós-modernos — antenas de alienígenas em filmes baratos de ficção científica. O piso bonito é de madeira, formado por lâminas de mogno. (Policial Dois: "A cena que eu vi: [ela] toda ensanguentada e o doutor (...) parecia que estava dormindo. Adentrei o quarto. Fui até o lado dele. Como ele parecia que estava dormindo, fui tentar ver se ele tinha algum sinal vital. Toquei no pescoço do mesmo. Estava gelado e duro.") Ela, a jovem, era filha de prefeito com vereadora, lá do interior; na vida adulta, fez amplo itinerário: trabalhou na superintendência de transportes urbanos, foi auxiliar administrativa, tentou ser vendedora, namorou tesoureiro, virou *socialite* — apareceu morta (ou suicidou-se). Ele, o velho, barrigudo-careca, foi seminarista, *disk-jockey*, professor de latim, vendeu carros usados, líder estudantil, advogado, tesoureiro de campanha presidencial — assassinado no quarto de casa. (Policial Três: "Eu tenho certeza que ela matou e se matou. Que ela matou [ele] e se matou. Suicidou-se.") Roteiro: naquela noite, a noite das mortes, estiveram na casa dois irmãos do ex-tesoureiro e quatro policiais militares, que faziam bico como seguranças, mas foi a namorada quem

— crime passional — atirou contra o barrigudo-careca e, depois, contra o próprio corpo, tirando sua vida. Homicídio seguido de suicídio, embora o sangue não tenha jorrado na moça, somente atingiu o anel do seu dedo. (Ela já tentara se matar, afogando-se. Foi o primo, quase irmão, do caseiro quem a retirou viva do mar.) Jovem ciumenta, comprara arma; treinara no terreno baldio, ao lado da casa, em Guaxuma; atirara no sovaco do ex-tesoureiro da campanha presidencial: era a versão divulgada. (Policial Quatro: "Eu levo a crer que não tenho dúvida que foi [ela].")

3

Pai arrumou emprego, na verdade quefazeres, nas casas vizinhas: aguar as avencas pendentes em caqueras suspensas, arear as caçarolas dos paneleiros, cumprir as vezes de caseiro, varrer com ancinhos as areias em frente às moradias, retirar o sargaço da beira-mar, limpar piscinas, colher as cinzas das churrasqueiras, fisgar os cocos de seus cachos para que não caíssem na cabeça de alguém ou nos capôs dos carros importados, que superavam em quantidade os nacionais, dos moradores e de suas visitas.

Acostumou-se rápido àquelas humildes ocupações.

Os anos — três e meio — se foram e eu cresci à beira da praia. O cabelo ruivo ficou mais colorau e mais grosso, pintado pelo sol. Nas mãos de pai, os gusanos começavam a desaparecer.

Fiz teste para um clube de futebol do estado vizinho. Na manhã abafada, acostumado a treinar na areia, no mormaço e ao sol, a resistência física me fez correr no gramado com mais desenvoltura que os outros candidatos. Apenas o suor que eu produzia em abundância, no que chamam de hiperidrose, era um incômodo.

O suor atrapalhava muitas vezes minha visão ao descer pelos olhos e se camuflar em humor aquoso. Além do fedor que sempre imaginei expelir quando do esforço físico significativo.

Passei no teste para o time dos fraldinhas. O olheiro chamou pai: Quando quiser, leve o menino para treinar no Confiança, em Aracaju. Ele tem futuro.

(Repito: mesmo com fugas e mudanças, depois de tantas zoadas, as coisas reentravam nos eixos. Parecia que havia uma chance de minha vida dar certo.)

Chegou, todavia, o final de semana em que a namorada do ex-tesoureiro o flagrara ao telefone escapulindo com outra mulher — e tentara o suicídio se jogando nas águas mornas de Guaxuma.

Por horas, pai contou orgulhoso como livrara a moça enciumada da morte, resgatando-a da fundura do mar. Depois, perceberia: o salvamento era a formatação de uma tragédia maior, que ocorreria dias depois. E abalaria o país.

Pai guardou o timbre vocal da jovem. Por isso foi fácil reconhecer seus gritos na madrugada de 23 de junho de 1996.

Do quarto do patrão, vinham as vozes estridentes, as zangas, os queixumes e o início das desinteligências.

Pai ficou próximo à janela e ouviu os gritos alterados.

Aquelas palavras explicavam toda a história. Inclusive a história recente do Brasil.

Então, vieram os disparos: dois tiros.

E os quatro PMs começaram a se movimentar, em tropel, dentro da casa de veraneio.

Desconfiado de que sabiam que ele ouvira as últimas palavras da namorada do ex-tesoureiro assassinado e ciente da suspeita que recaía sobre deputados poderosos e PMs brutos, pai percebeu o alçapão se armando. Na primeira brecha, fugiu. Mais uma vez, levando-me a tiracolo.

Deixamos o mar de Alagoas escorrendo pelas esquinas dos nossos olhos. As economias serviram para que novamente visitássemos a rodoviária. Pegamos um ônibus para a capital sergipana. Pai reconhecia minha aptidão e paixão pelo futebol. Mais do que isso: respeitava-a. Levou-me, então, para a Associação Desportiva Confiança.

Pai nunca disse a ninguém o que a jovem gritou naquela madrugada antes de morrer.

"Todos são iguais perante a lei, (...)
garantindo-se aos brasileiros (...)
a inviolabilidade do direito
(...) à igualdade"
(Art. 5º, Constituição da República Federativa do Brasil)

1

(...) ao dar os seis passos para chutar a bola, você encara o goleiro (...) é um homem bonito, o alemão: loiro de olhos claros — arquétipo de príncipe dos contos de fada (...) não é a primeira vez que aquele atleta vivencia a final de uma copa do mundo; há apenas quatro anos, no brasil, era ele o goleiro titular da seleção campeã (...) participara, inclusive, da semifinal, do maior fiasco do futebol brasileiro, que ficara conhecido minimalisticamente como os 7 a 1 (...) há quem diga (coloque-se na conta do folclore futebolístico) que foi esse goleiro, no meio da partida, quem pediu para que os companheiros pegassem leve com os brasileiros, afinal havia uma história ali, e esta deveria ser preservada (...) o goleiro pode ser herói de novo, basta pegar seu pênalti (...) e então você percebe — com nitidez — mais um sarcasmo da vida, de sua vida: você não será nunca o herói desta partida, desta final: se sua cobrança for convertida, o jogo ficará apenas empatado (5 a 5), será nas próximas rodadas de cobradores que se decidirá quem vai descer ao hades e quem subirá ao olimpo (...) a você não foi ofertado o papel de mocinho, de herói: o de vilão, todavia, está ali, se amostrando, se esfregando em você, disponibilizado desde o momento em que deixou o meio de campo (...) de fato, numa cobrança de penalidades, as variáveis para ser o vilão, para ficar marcado, são imensas: desconcentração, insegurança, virada de corpo malfeita, pé de apoio escorregando (no gramado já sofrido), tudo pode afetar a cobrança — e você acabará como o iníquo da história (...) em resumo, só estão boiando no mar da consciência as algas mortas do fracasso, o protagonismo da vilania é a única opção (...) o goleiro também encara você; como antes, tem plena certeza: está diante de um homem perigoso, um sujeito de atitudes insólitas, que fugirá do lugar-comum (...) nesta troca de encaradas, você nota que — mesmo depois da humilhação distribuída há quatro anos — não consegue ter raiva do arqueiro alemão e sabe o porquê (...) destaque no meio-campo do confiança, em aracaju, você foi sondado por clubes brasileiros e estrangeiros — qualquer babaca sabia àquela altura que o futuro do esporte estava nos pés dos volantes, como ficaria comprovado, sobretudo depois da era pep guardiola (...) mas seu pai não o vendeu rápido, recusou várias propostas durante sua adolescência, soube esperar: você só foi vendido quando tinha dezenove anos (...) chegando à alemanha — para jogar pelo schalke 04, em gelsenkirchen —, foi este goleiro quem se mostrou solícito, companheiro, ajudando efetivamente na sua adaptação ao norte europeu (e como você precisou de um amigo naquele ano de 2007!) (...) o goleiro ensinou o que era um *sousplat*, quando você depositou diretamente naquela base seu almoço; indicou a pomada texturizante que o ajudaria a debelar o frio, passando-a nas articulações; apresentou-lhe a bepantol para não ressecar os lábios durante os treinos naquelas temperaturas inclementes; falou da suave diferença entre um suéter, um pulôver e um cardigã; explicou o que era a segunda pele e que a melhor marca dela era brasileira; afinal, aquele sujeito lhe deu a conhecer a germânia: um país profissional, um futebol profissional, atletas profissionais (...) um herói, este goleiro

2

No dia 15 de março de 2007, duas notícias chamaram a atenção de todo o Brasil. A primeira: depois de quinze anos, saindo do ostracismo, o ex-presidente, o Caçador de Marajás, que sofrera o *impeachment*, voltava triunfal a Brasília. Regressava ao poder em esfera nacional, em grande estilo, eleito pelo povo de Alagoas como senador da República. Fazia na Câmara Alta seu primeiro discurso como parlamentar daquela mais ínclita esfera do Legislativo. Ocupante de fato e de direito de uma das 81 cadeiras que um dia lhe serviram de juiz: juíz truculento que o expulsou da chefatura do Poder Executivo, mesmo depois de sua inútil renúncia de última hora. Com o viço arrefecido, rosto mais gordo, metabolismo mais lento, estava bem diferente daquele indivíduo voluntarioso que deixara o Palácio do Planalto havia quinze anos. A eloquência meio brega, porém, continuava — talvez fosse perpétua. A captação sonora do Salão Azul registrou três grandes fungadas antes que o alagoano ajeitasse os dois microfones para poder iniciar sua fala (ainda haverá outras fungadas antes das palavras iniciais). Brevemente, o senador vislumbra o busto de Rui Barbosa antes de iniciar sua dissertação. No seu discurso, acerto de contas, na tribuna do Senado, comparou-se a Dom Pedro I, Getúlio Vargas, João Goulart e outros nomes. Disse: "Calado sempre, assisti, ouvi, suportei acusações, doestos e incriminações dos que movidos pelo rancor aceitaram o papel que lhes foi destinado na grande farsa que lhes coube protagonizar. Hoje, passados dezessete anos de minha posse na Presidência da República, volto à atividade política integrando esta augusta casa (pausa dramática, emotiva), a mesma que a interrompeu por decisão dos ilustres membros que a compunham na 49ª legislatura." As galerias estavam todas tomadas por populares e gente da imprensa. O plenário estava atento. Seguem-se às palavras do ex-presidente discursos aparvalhados e acovardados dos mais diversos matizes políticos que compunham o Senado Federal, um mea-culpa patético. Exemplos: o sujeito do PT disse, sem convicção alguma: "Acho que V. Ex.ª pagou um preço muito alto e reconstruiu a sua vida na disputa democrática"; o sujeito do PSDB disse, adulador: "O meu partido, ele relutou ao máximo, ao ponto máximo, diante da perspectiva do *impeachment*"; disse também, bajulador: "Eu, então, vejo V. Ex.ª como um senador (...) daí eu querer neste momento ter tido a honra de ter sido o primeiro a aparteá-lo num discurso"; disse ainda, constrangedor, repetindo *ipsis litteris* o petista: "Acredito que V. Ex.ª pagou um preço muito alto pelos erros que possa ter cometido"; o amigo alagoano, da cidade de Murici, afagou o ego do conterrâneo estadual: "É forçoso, forçoso mesmo, reconhecer que V. Ex.ª é hoje maior do que foi um dia. Parabéns." Salva de palmas, de palmas. O Supremo Tribunal Federal, ao fim e ao cabo, inocentou-o de todas as acusações — e essa informação também constava do discurso de posse.

3

No dia 15 de março de 2007, duas notícias chamaram a atenção de todo o Brasil.

A segunda: um desconhecido jogador, volante, de Aracaju, Sergipe, fora contratado pelo Schalke 04, da Alemanha, por uma pequena fortuna. Houve espanto. Sobretudo porque se tratava de um atleta da Associação Desportiva Confiança. Um time pequeno — às vezes eufemisticamente chamado de médio. Fora a maior negociação em toda a história daquele clube nordestino.

No meio das apresentações, a câmara da rede de TV nacional flagrou o pai do jogador. Estava emocionado. A câmera deu um *close* no rosto do homem. Pai sabia do esforço que fizera para levar seu filho, eu, até ali. Até o futebol alemão.

O *close* dado no rosto de pai ganhou todo o Brasil nos programas de meio-dia que debatem o futebol. No pescoço dele, havia a cicatriz causada pela navalha quando de uma tentativa antiga de suicídio. A marca tornava meu pai único, reconhecível.

O rosto foi notado por alguém fuxiqueiro em sua antiga cidade mesmo depois de tantos anos. O rosto foi denunciado como o assassino da própria mulher. Cavoucaram o passado de pai. Havia quinze anos o procuravam. O rosto, em alguns dias, seria preso e seria inútil arrogar inocência. Não o escutariam. Na realidade não havia paliativos: havia dolo.

O rosto zebrado, por estar atrás das grades, ocupava por inteiro a página esportiva do jornal. Jornal que eu levei para a Alemanha. E que guardo até hoje comigo. O rosto ilustrava a reportagem que eu leria centenas de vezes nos anos seguintes:

PAI DE JOGADOR É PRESO
PELO ASSASSINATO DA PRÓPRIA MULHER

Pai chegou ao presídio. Eu cheguei ao estádio.

Pai ganhou uniforme verde e entrou na cela. Eu ganhei uniforme alvianil e entrei no gramado da Arena AufSchalke.

Pai foi espancado — estava velho demais para ser sodomizado — por presos aidéticos e drogados. Eu fui abraçado — estava rico demais para ser ignorado — por loiras altíssimas e interesseiras.

Pai, a boca cheia de sangue, deixou de falar. Eu, a boca cheia de saudades, falei uns laivos em alemão recém--decorado.

Pai beijou o chão porco da cela. Eu beijei o escudo centenário do Fussball-Club Gelsenkirchen-Schalke 04.

Pensando no futuro do filho, pai estava feliz. Pensando no futuro do pai, eu estava triste.

Pai, ao fim e ao cabo, foi condenado em todas as acusações contra ele — e nunca houve discurso (nem palmas nem apartes) sobre isso.

Não. Não é o que você é, Saúva. Isso não importa. É apenas o que você aparenta ser que justifica o seu papel no mundo, neste mundo. Isso é infeliz, mas é real. Para curar a cegueira da imaturidade, filho, basta o colírio do tempo.

A cobrança

Palmeira dos Índios, Alagoas, Brasil. Ano, 2010. O Sapo Barbudo (agora presidente do Brasil) e o Caçador de Marajás (agora senador da República) dividem o mesmo palanque. Abraçam-se. Trocam sorrisos e tapinhas carinhosos. São aliados. Em 2010, pai morreu na prisão.

* * *

E se a bola fizer uma parábola maior do que a esperada, a prevista, e ganhar a parte exterior da trave e sair pela linha de fundo batendo nos fotógrafos que se aglomeram para além das placas de publicidade? O som do couro sintético contra a baliza de alumínio ecoará pelo estádio e logo será engolido pela alegria da torcida germânica, tudo numa sincronia perfeita.

* * *

Na parede suja da maternidade, há uma mancha, a silhueta de uma mão, mistura de sangue e líquido amniótico. A mão espalmada — como aquelas que pedem "Basta!" em anúncios publicitários sem inteligência — é a de minha mãe. Jogada no corredor para dar à luz, seus gritos são ignorados.

* * *

É só pegar o meu pênalti e o goleiro alemão será herói, de novo. Haverá, então, gritos de alegria na Baviera e por toda a Alemanha, de novo. O goleiro se movimenta lateralmente na linha do gol: o que é permitido pela regra. Bate as luvas uma contra a outra com suas mãos espalmadas: faltam o sangue e a placenta nelas.

* * *

Faça sua obrigação e receba a indiferença. Heroísmo são os outros.

* * *

Mas a vilania pode ser minha, exclusivamente. Eu sei que o protagonismo também chega às avessas. Se não posso ser herói, posso ser vilão. Há uma galeria deles: Barbosa e o seu frango, 1950; Zico e o pênalti mal batido, 1986; Baggio e a bola isolada, 1994; Zidane e a cabeçada contra Materazzi, 2006.

* * *

Eu nunca seria esquecido: Barbosa, 1950; Zico, 1986; Baggio, 1994; Zidane, 2006; Saúva, 2018.

* * *

Os cortes. Os talhos. Quando criança, eles cicatrizam e se expandem — às vezes se mesclam à pele, se camuflam. Esquecidos, jamais. O meu corte e os cortes que posso impor não serão esquecidos. Poderão ser camuflados pela história, poderão se misturar às lendas esportivas, poderão ser estudados, poderão ser argumentos de romance: esquecidos, jamais.

* * *

A vida parece boa. Alugamos uma casa, minúscula, sala-quarto-banheiro-cozinha, mas o quintal é enorme. Aqui, pai me treina no meio de lagartixas, lacraus e escorpiões. O domínio da bola e o passe: os fundamentos. Eu nunca dei um drible, porém tenho consciência de que nunca errei um passe importante. Jamais perdi um carrinho providencial.

* * *

Eu e pai tomamos café solúvel, geralmente frio, para economizar o gás do fogão portátil de duas bocas — o Vale Gás dado pelo governo federal garante o pão. Lembro o sabor travoso do café frio (Café Pelé, uma ironia, sem dúvida). Lembro a textura amarronzada e a superfície espumosa do gelado. Eu mergulho o miolo do pão no café, e pai come a côdea já endurecida. Mas a vida parece boa.

* * *

Na voz longínqua de mãe, não há canções de ninar. Há os versos da *Internacional Socialista*. Vítimas da fome pelo Brasil inteiro estão de pé ou debruçadas sobre TVs, mãos em figas, em mandingas, em crenças ancestrais, torcem para que seu capitão — eu — não perca o pênalti a fim de que a morfina futebolística faça efeito e produza algumas horas de anestesia e a patética ilusão de que o país é relevante pelo menos neste aspecto, neste único aspecto.

* * *

O chute — se for para fora da meta — dará início às intermináveis discussões pleonásticas: da falta de amor à camisa canarinho, envergada por jovens ricos e descompromissados, infantilizados, mimados por seus empresários, que fizeram do futebol brasileiro um esporte praticado por expatriados e *blasés*, ignorantes das mazelas nacionais, acríticos, apolíticos, abestalhados com o poder pecuniário.

* * *

198

Se o chute for para fora da meta, voltará uma nova onda de desconfiança? Continuará o futebol a ser essa marca pronunciada da nossa cultura? Antropologicamente, estaria se findando a Pátria de Chuteiras numa derrocada incorrigível e imparável? Um chute responderá tudo. Meu chute.

* * *

Olho singelo para o retângulo imaginário que sempre chamei de "onde a coruja dorme". Segundo os inócuos cientistas do esporte, este é o lugar no qual o pênalti perfeito deve ser cobrado. Mas não vou cobrar um pênalti, apenas. Cobrarei traições, mentiras, confiscos, demissões, violências, corrupções, fugas, humilhações, misérias. Meu chute será uma ejaculação.

* * *

A mãe traindo.

* * *

O pai chorando.

* * *

O piso granitado da rodoviária, duro e frio, congela meus ossos, meu couro e meus nervos. Congela minha inocência e sensibilidade. Este chão faz de mim o atleta que sou nesta final de Copa, no estádio Lujniki, em Moscou, na Rússia. Duro e frio, repito.

* * *

Vou mesmo trair a pátria? Minha pátria? Meu povo? Minha camisa? Meu time?

* * *

Lembro da avó paterna: com seu pequeno poder, humilha pai. Tenho hoje um pequeno poder: chutar uma bola — vou usá-lo para humilhar 200 milhões de indivíduos já naturalmente tão humilhados? De quem estaria me vingando com este chute obtuso? De mandatários que alijaram de mim uma vida digna roubando a poupança, o emprego e a dignidade de pai?

* * *

Ou de pessoas semelhantes a mim quando jovem: "os descamisados"?

* * *

"Na gaveta": também é assim que chamam aquele espaço onde a bola deve entrar enquanto inacessível para o goleiro alemão. E o irônico é: tudo que tenho hoje me foi dado pelo país ora adversário. O primeiro salário em dia — não aquela ajuda de custo miserável que me pagavam em Aracaju, soldo sempre atrasado e esporádico do Confiança —, o primeiro carro e minha mulher.

* * *

E meu filho — sim, sou pai. Meu menino (tem o nome do avô) nasceu em Gelsenkirchen, numa primavera. É ruivo como eu. Gosta de futebol, e já tem tendência para jogar na lateral direita. Meu menino, às vezes, abraça-se às minhas pernas quando faço a barba. Mas não há risco de corte e sangue. Não há navalhas, meu barbeador é elétrico.

* * *

Daqui a alguns meses ocorrerão eleições presidenciais. A relação *panem et circenses* é óbvia. Darei o êxtase do título mundial de futebol como trunfo para manuseio de políticos salafrários? Compactuarei em arrefecer consciências críticas com um troféu chinfrim num carro aberto de bombeiros pelas principais capitais do Brasil?

* * *

Subirei a rampa do Palácio do Planalto com o discurso do hexacampeonato ensaiado para transferir carismas a governantes inaptos, vampirescos, deletérios? Entregarei a taça nas mãos do mandatário para que também ele possa fazer o gesto vencedor de erguê-la acima da própria cabeça como fizeram os grandes capitães?

* * *

Mãe à frente da casa — o Mercedes-Benz 1313 preto já se perdendo por trás da esquina. Ela tem as mãos espalma- das uma contra a outra, semelhava uma prece. Pulseiras e miçangas pendem de seus pulsos e antebraços. Bate à porta, pede para voltar, oferece a pior humilhação possível a pai: a cornidão mansa. Me espanto: é essa, afinal, a última imagem que tenho de mãe. As mãos em prece: metáfora, agora, de todo o país.

* * *

O som do atrito entre a mão paterna espalmada e a bochecha cínica e materna se espalha pela casa. Chega ao quarto onde eu estou: é este o som que me guia, o som da primeira bofetada. E o baque surdo de um corpo femini- no que cai sobre móveis e vidros. E o impacto abafado de um chute na barriga feminina que me gestou. E a lágrima do menino atrás da porta, eu: que só entenderei tudo isso muitos anos depois. Quando enterrar meu pai, que morrera na prisão — no mesmo dia de um comício famoso em Palmeira dos Índios.

* * *

Também será um baque surdo o atrito da chuteira contra a bola. Ambos os objetos são feitos de couro sintético. Mas não são eles que produzem o som: é a força. E a bola impulsionada, enfim, começará seu trajeto: não dormirá humilhada na casa da velha avó; nem em chão liso, sob o cobertor alaranjado; nem de favor em casa de veraneio de corrupto; nem escondida em quitinete de desconhecidos. A bola ficará flutuando em 200 milhões de memórias.

* * *

Hora da cobrança.

* * *

Os milhares no estádio, os milhões em meu país, os bilhões pelo mundo — todos desaparecem. Agora só resta a cobrança. A cobrança. Os seis passos milimetricamente calculados acima deste gramado artificial em solo russo já foram dados. O pé de apoio, esquerdo, finca-se ao lado da bola, o solado de cravos rosqueáveis em paralelo à pelota penetrando o chão. O segundo pé, o direito, então, acerta com fúria o meio da bola. É o local exato para dar-lhe o ímpeto e a direção que escolhi e desejei. Direção que só eu conheço.

* * *

É preciso cobrar deste país todas as defasagens que me foram impostas, todas as sonegações cometidas, todos os cinismos. A bola foi chutada. A bola segue sua trajetória alheia a mim e longe de mim. Cada vez mais, vai se afastando e cumprindo o seu destino último — tudo ocorre em menos de um segundo no tempo real, mas parece que é a extensão de uma vida.

* * *

É a extensão de uma vida.
Minha vida.

* * *

Penso: quantos garotos — sem pai ou mãe que os resguardem — esperam por essa bola estufando as redes para que o flerte com o mínimo de alegria continue em suas vidas? Quantos garotos como eu — que têm a pele e o espírito escalavrados pelas pequenas e grandes violências do cotidiano — estão mordendo os lábios, roendo unhas, acompanhando a bola no ar? Quantos garotos alienados verão em mim — seu capitão — o herói, a prova viva do clichê: basta ter resiliência para vencer na vida e vencer a vida?

* * *

E a bola segue veloz em direção ao ângulo. Bem próxima, porém, descreve um arco insólito. A parábola parece que será excessivamente ampla. O goleiro alemão — tentando adivinhar o canto — caiu do outro lado do gol. Agora é só mais um torcedor. Vira o pescoço apreensivo e também acompanha — como o resto do planeta — o destino da bola.

* * *

É neste momento que o fotógrafo faz o registro. É esta a imagem que temos, cristalizada: a bola está parada no ar — alguns poucos centímetros antes da trave. E assim ficará para sempre. Nunca completará a trajetória para a qual se destinou. Não aos nossos olhos. E o estádio aguarda em silêncio a direção definitiva daquele objeto esférico.

* * *

A cobrança — a cobrança perfeita — foi realizada por mim.

Agradecimentos

A Gecy Rodrigues, Franklin Alberto T. de Holanda, Nivaldo Tenório, Marcilene Pereira e Helder Herik — porque em time que está ganhando não se mexe.

Ao Prêmio Sesc de Literatura, obrigado pelos recentes reforços, que se tornaram titulares inquestionáveis: Henrique Rodrigues e Fred Girauta — o gramado da literatura brasileira tem ficado mais rico a cada edição do prêmio.

Ao Grupo Editorial Record, aos craques Carlos Andreazza e Duda Costa — e equipe. O campeonato está só começando.

Este livro foi composto na tipografia Minion
Pro Regular, em corpo 11,5/16,5, e impresso
em papel off-white no Sistema Cameron da
Divisão Gráfica da Distribuidora Record.